MACHADO DE ASSIS

DA ACADEMIA BRASILEIRA

Reliquias

de

Casa Velha

H. GARNIER, LIVREIRO-EDITOR

71, RUA DO OUVIDOR, 71 | 6, RUE DES SAINTS-PÈRES, 6
RIO DE JANEIRO | PARIS

1906

todavia   \C ItaúCultural

Machado de Assis

÷÷÷÷÷

Relíquias de casa velha

Organização e apresentação
Hélio de Seixas Guimarães

Todos os livros de Machado de Assis

7.
Apresentação

19.
Sobre esta edição

25.
÷ Relíquias de casa velha ÷

305.
Notas sobre o texto

307.
Sugestões de leitura

309.
Índice de textos

> Foi-se a melhor parte da minha vida, e aqui estou só no mundo. Note que a solidão não me é enfadonha, antes me é grata, porque é um modo de viver com ela, ouvi-la, assistir aos mil cuidados que essa companheira de 35 anos de casados tinha comigo; mas não há imaginação que não acorde, e a vigília aumenta a falta da pessoa amada. Éramos velhos, e eu contava morrer antes dela, o que seria um grande favor; primeiro, porque não acharia ninguém que melhor me ajudasse a morrer; segundo, porque ela deixa alguns parentes que a consolariam das saudades, e eu não tenho nenhum. Os meus são os amigos, e verdadeiramente são os melhores; mas a vida os dispersa, no espaço, nas preocupações do espírito e na própria carreira que a cada um cabe. Aqui me fico, por ora na mesma casa, no mesmo aposento, com os mesmos adornos seus. Tudo me lembra a minha meiga Carolina.[2]

As saudades ganham forma poética em "A Carolina", que abre este volume com os famosos versos "Querida, ao pé do leito derradeiro/ Em que descansas dessa longa vida,/ Aqui venho e virei, pobre querida,/ Trazer-te o coração do companheiro". Para homenageá-la, Machado de Assis lança mão de uma das formas mais clássicas da língua, recorrente em seus livros de poesia: o soneto de corte camoniano, em decassílabos, e rimas no esquema ABBA ABBA CDC DCD. Essa é a forma

---

2. Id., [Carta a Joaquim Nabuco, datada de 20 de novembro de 1904]. In: Id., *Correspondência de Machado de Assis, tomo IV: 1901-1904*, op. cit., 2012, pp. 310-1.

Apresentação

Hélio de Seixas Guimarães

Relíquias de casa velha é o 24º livro publicado por Machado de Assis e seu segundo volume de miscelânea. Ele é composto de dezesseis textos distribuídos entre quase todos os gêneros que praticou: poesia, conto, crítica, crônica e teatro. Metade deles era inédita. A outra metade já havia saído em periódicos, entre o final da década de 1870 e o início dos anos 1900. A obra foi impressa em Paris em outubro de 1905, mas traz na folha de rosto a indicação "1906", quando efetivamente começou a circular no Rio de Janeiro, no mês de fevereiro.

A razão do título é explicada na "Advertência": a casa é a vida do autor, e as relíquias são os seus escritos, que incluem "ideias, histórias, críticas, diálogos". Em carta ao amigo José Veríssimo, Machado de Assis refere-se a estas páginas como aquelas "que o teimoso de mim foi pesquisar, ligar e imprimir como para enganar a velhice".[1]

À época da publicação do livro, o escritor tinha 66 anos e vivia o luto pela perda da companheira, em outubro de 1904, como contou ao amigo Joaquim Nabuco em uma de suas cartas mais emotivas:

---

1. Machado de Assis, [Carta a José Veríssimo, datada de 22 de fevereiro de 1906]. In: Id., *Correspondência de Machado de Assis, tomo v: 1905-1908*. Coord. de Sergio Paulo Rouanet. Org. e comentários de Irene Moutinho e Sílvia Eleutério. Rio de Janeiro: Academia Brasileira de Letras, 2015, p. 96.

adotada por Luís de Camões no célebre poema iniciado com o verso "Alma minha gentil que te partiste", que também trata da tristeza deixada pela perda da amada. Mesmo os que desdenham da poesia de Machado de Assis reconhecem nesse um dos mais belos sonetos da língua portuguesa.

Seguem-se ao poema nove contos. O primeiro deles, "Pai contra mãe", é o texto do autor em que a escravidão é tratada de maneira mais direta e contundente. Além de expor os instrumentos que sustentaram o regime escravista, ele mostra os seus efeitos arrasadores. Já o título faz pensar em que tipo de coletividade pode surgir a partir da oposição entre pai e mãe, do confronto brutal entre Cândido e Arminda, que travam uma luta pela sobrevivência dos respectivos filhos. A narrativa sugere também que a escravidão se perpetuou no país com a participação ativa e silenciosa de muitos agentes sociais. Desde os funileiros que produziam os instrumentos de tortura, passando pelos jornais que publicavam anúncios de escravizados fugidos e pelos seus caçadores, até os legisladores que produziam e aprovavam leis que davam respaldo institucional a práticas cruéis. O efeito do conto sobre o leitor é tão poderoso que Carlos Drummond de Andrade certa vez afirmou que ele "vale por três manifestos abolicionistas".[3]

As outras oito histórias podem ser divididas entre aquelas que tratam de amores impossíveis ou

3. Carlos Drummond de Andrade, "Machado sempre atual". In: Id., *Amor nenhum dispensa uma gota de ácido: Escritos de Carlos Drummond de Andrade sobre Machado de Assis*. São Paulo: Três Estrelas, 2019, p. 148.

interditados ("Maria Cora", "Um capitão de voluntários", "Pílades e Orestes" e "Anedota do *cabriolet*"), outras que se aproximam da crônica de (maus) costumes ("Suje-se gordo!" e "Evolução") e duas que têm a morte no centro ("Marcha fúnebre" e "Umas férias").

Em "Maria Cora", um narrador que se diz afeito a contar mentiras, mas afirma dessa vez contar uma história verdadeira, trata de sua paixão por Maria Cora, cujo esposo lhe era recorrentemente infiel, o que a motivou a deixá-lo no Rio Grande do Sul e mudar-se para o Rio de Janeiro, apesar de ainda amá-lo. O marido vivo seria o empecilho para que a protagonista aceitasse a proposta de casamento com o narrador. Este constrói um plano mirabolante e bem-sucedido para eliminar o rival, num episódio que envolve a guerra civil então em curso no Rio Grande do Sul.

Talvez pelas turbulências que marcaram o Brasil nos primeiros anos da República, o tema da guerra, e especialmente dos conflitos no Sul do país, é recorrente nestes escritos. Ele retorna em "Um capitão de voluntários", cujo relato é feito logo depois da proclamação da República, mas trata de um episódio ocorrido durante a Guerra do Paraguai. Nesse conto, Simão de Castro deixa registrada num manuscrito a história de seu interesse pela companheira de um amigo, cuja casa ele frequenta. A triangulação lembra a de *Dom Casmurro*, uma vez que o narrador é atraído tanto pela mulher como pelo marido, em relação a quem se sente fisicamente inferior e de alguma forma submetido ("Tudo em X... me dominava. A figura primeiro. Ele robusto, eu franzino; a minha graça feminina, débil, desaparecia ao pé do garbo varonil dele, dos seus ombros largos, cadeiras largas, jarrete forte e o pé sólido que, andando, batia rijo no chão").

"Pílades e Orestes" é outra história com forte carga homoerótica, protagonizada por Gonçalves e Quintanilha, dois amigos que estudaram e moraram juntos. A união deles "era tal que uma senhora chamava-lhes os 'casadinhos de fresco', e um letrado, Pílades e Orestes", em referência aos amigos inseparáveis da tragédia grega. O desfecho trágico se dá, emblematicamente, em plena praça Quinze de Novembro, no centro do Rio de Janeiro, durante a Revolta da Armada, período de grande turbulência nos inícios da República e durante o governo de Floriano Peixoto.

O trágico, o casamento e a morte formam um acorde na última das narrativas ficcionais. A "Anedota do *cabriolet*" é habilmente destilada pelo narrador, que satisfaz em conta-gotas a curiosidade de um sacristão, e a do leitor, acerca da dimensão abominável e terrível que envolve a ligação entre nhá Anunciada e nhô Pedrinho.

Outro tema recorrente nos inícios da República brasileira — a corrupção — está no centro de "Suje-se gordo!", em que a desproporção entre o valor do delito e a gravidade da pena, que costumam ser inversamente proporcionais — o ladrão reles ganha a pena máxima, os grandes ladrões ficam com a pena mínima, ou nenhuma pena —, vem sintetizada ao final do conto: "A ninguém cabia sujar-se por quatro patacas. Quer sujar-se? Suje-se gordo!".

"Evolução" retoma outro velho tema machadiano: o da apropriação das ideias alheias. Nesse caso, tudo começa numa viagem de trem do Rio de Janeiro a Vassouras, na qual o narrador, Inácio, em conversa com

Benedito, formula a seguinte frase sobre o progresso do Brasil: "Eu comparo o Brasil a uma criança que está engatinhando; só começará a andar quando tiver muitas estradas de ferro". À medida que o tempo e o conto avançam, e cada vez com menos cerimônia, Bernardo vai se apropriando da frase, até acreditar piamente que ela é sua, completamente sua.

As várias formas de morrer são o assunto de "Marcha fúnebre". Um deputado, diante da longa enfermidade de um inimigo político ("A morte vinha de meses, era daquelas que não acabam mais, e moem, mordem, comem, trituram a pobre criatura humana"), começa a antecipar a sua própria, que deseja rápida. A certa altura, quer "amanhecer morto", o que não se realiza dessa forma, mas tão vagarosamente que é comparada à "morte de um vinho filtrado, que sai impuro de uma garrafa para entrar purificado em outra; a borra iria para o cemitério".

O tema retorna em "Umas férias", uma das poucas histórias em que o escritor focaliza a infância. Um menino é inesperadamente buscado na escola por um tio e volta para casa, junto com a irmã, sentindo a alegria das férias extemporâneas. No caminho, sua imaginação corre solta. E o narrador, instalado em algum ponto do futuro, que não sabemos quão distante está dos fatos contados, recompõe em sua prosa o frescor, as hesitações e os caminhos erráticos da atenção infantil. Entretanto, a certa altura, a visão da criança de dez anos e a do narrador sem idade definida convergem em duas perguntas cruciais: "Morto como? morto por quê?".

Assim encadeadas, as interrogações sintetizam boa

parte da perplexidade, do sofrimento e mistério que a morte, tão velha quanto a vida, e o contato com ela, que costuma ser surpreendente em qualquer idade e circunstância, despertam em crianças e adultos.

A seção do livro intitulada "Páginas críticas e comemorativas" é composta de quatro textos, dedicados a Gonçalves Dias, José Veríssimo, Eduardo Prado e Antônio José. Eles constituem os últimos registros de uma atividade que Machado de Assis exerceu com maestria na juventude, a ponto de ter sido considerado por José de Alencar, em 1868, o primeiro crítico brasileiro. A deferência está registrada em carta que o autor de *O guarani* escreveu ao poeta de *Crisálidas* apresentando-lhe um novo poeta, Castro Alves, que então chegava ao Rio de Janeiro.[4]

No escrito a propósito da inauguração da estátua de Gonçalves Dias, Machado de Assis exalta o poeta da canção do exílio, "que ensinou aos ouvidos da antiga mãe-pátria uma lição nova da língua de Camões", e prevê que o poema que tanto impressionou muitas gerações de leitores será ouvido "enquanto a língua que falamos for a língua dos nossos destinos".

Ao grande amigo José Veríssimo, que acompanhou com muito cuidado e admiração sua trajetória, dedica um texto elogioso a propósito da nova edição de *Cenas da vida amazônica*. Nele, o compara a Sainte-Beuve, que também escreveu uma novela antes de se tornar um dos maiores críticos franceses. Junto com a grande

---

4. José de Alencar, [Carta a Machado de Assis, datada de 18 de fevereiro de 1868]. In: Machado de Assis, *Correspondência de Machado de Assis, tomo I: 1860-1869*, op. cit., 2008, pp. 224-32.

admiração, há estranhezas, como no destaque que dá à passagem do volume com o registro "fazê bem pra ela". Muito refratário a esse recurso, praticamente ausente de sua obra, Machado de Assis parece justificar a opção de Veríssimo:

> Há dessas frases no livro, postas com arte e cabimento, a espaços, onde é preciso caracterizar melhor as pessoas. Há locuções da terra. Há a tecnologia dos usos e costumes. Ninguém esquece que está diante da vida amazônica, não toda, mas aquela que o Sr. José Veríssimo escolheu naturalmente para dar-nos a visão do contraste entre o meio e o homem.

No elogio a Eduardo Prado, um dos fundadores da Academia Brasileira de Letras, ressalta qualidades que prezava e que certamente procurava cultivar em si mesmo: o horror à vulgaridade, ao lugar-comum e à declamação, assim como a preferência pelo *humour*, que considera muito superior à chalaça. Como arremate à homenagem ao amigo morto precocemente, aos 41 anos, apresenta uma ideia de natureza que tem sua expressão mais célebre com Brás Cubas: "Chamei injusta à natureza; bastaria dizer — indiferente".

Por fim, em "Antônio José", apresenta um verdadeiro ensaio em torno da obra do dramaturgo português, perseguido e morto pela Inquisição em outubro de 1739. Para isso, toma como referência a peça que José Gonçalves de Magalhães escreveu tendo "o Judeu" como protagonista. Contrariando o que o dramaturgo diz enquanto personagem de Magalhães, Machado coteja trechos do *Anfitrião* de Molière com o da peça de mesmo nome escrita por Antônio José, mostrando que este imitou diretamente aquele. Notável nesse seu derradeiro texto de crítica é o conhecimento profundo que mais uma vez demonstra da tradição portuguesa. Além da leitura dos escritos de Antônio José, cita Gil Vicente, Almeida Garrett, Antônio Dinis da Cruz e Silva, Pedro Antônio Correia Garção...

Para arrematar o volume, e como se atasse as pontas da vida, o escritor volta ao gênero com o qual estreou em livro, com a publicação em 1861 da peça *Desencantos*, e inclui duas comédias entre suas relíquias, "Não consultes médico" e "Lição de botânica".

A primeira peça havia sido veiculada em dezembro de 1896 na *Revista Brasileira*, então dirigida por José Veríssimo. Ela fora encenada pouco antes, em 18 de novembro, no Cassino Fluminense. Da segunda, "Lição de botânica", não há registro de encenação ou de publicação anterior à do livro.

Nessas duas derradeiras produções, retoma a comédia curta, com poucas personagens, em formato semelhante ao que adotara nas outras seis recolhidas em livro — *Desencantos*, "O caminho da porta", "O protocolo", *Quase ministro*, *Os deuses de casaca* e *Tu só, tu, puro amor*... Em ambas a ação se situa no Rio de Janeiro, e as intrigas giram em torno do amor e do casamento.

Em "Não consultes médico", o protagonista Cavalcante, depois de uma decepção amorosa, promete trancar-se num convento. Entretanto, é convencido por d. Leocádia, uma senhora metida a curandeira, a passar uma temporada de dez anos na China! Ninguém contava que a cura do mal de Cavalcante estava ali mesmo, diante dos seus olhos, mais exatamente nos olhos de uma jovem que assim como ele se recuperava de uma decepção amorosa. A peça, que é também uma sátira à medicina, algo recorrente em Machado, tem como mote o provérbio "Não consultes médico; consulta alguém que tenha estado doente", sugerindo que só aqueles que sofreram do mesmo mal podem curar-se uns aos outros.

"Lição de botânica" também se constitui como um provérbio dramático tomando a frase de Alfred de Musset "*Il faut qu'une porte soit ouverte ou fermée*" [Uma porta deve estar aberta ou fechada], a mesma que está implícita na peça "O caminho da porta", publicada na década de 1860. Neste caso, manter o coração aberto ou fechado é o dilema do barão Sigismundo de Kernoberg, botânico sueco radicado no Rio de Janeiro. A princípio, ele se mostra completamente avesso ao casamento, que considera incompatível com sua dedicação à ciência. Mas o súbito interesse de uma viúva de 22 anos por aulas de botânica acaba abalando suas convicções.

Relíquias de casa velha teve repercussão modesta na imprensa, com a publicação de algumas notas e resenhas. Em uma delas, o crítico quis apreender a especificidade dos contrastes, tão característicos da escrita de Machado, presentes neste volume. Para isso, lançou mão de expressões como "um sorriso que chora", "um pranto que sorri", "o absurdo de nos comunicar com o sorriso nos lábios uma desgraça fatal".[5] De fato, o autor produzia mais uma desconcertante combinação de

---

5. Nunes Vidal (pseudônimo de Nestor Vitor), "*Relíquias de casa velha*". *Os Anais*, Rio de Janeiro, 15 mar. 1906, apud Ubiratan Machado (Org.), *Machado de Assis: Roteiro da consagração (crítica em vida do autor)*. Rio de Janeiro: EdUERJ, 2003, pp. 281-3.

riso e melancolia neste livro que começa com a perda irreparável cantada no soneto "A Carolina", passa por várias narrativas de amores interditados e vidas bruscamente interrompidas, e termina com duas graciosas histórias de conversão ao amor.

Na carta que enviou a José Veríssimo em fevereiro de 1906, citada no início desta apresentação, e na qual se referia jocosamente a si mesmo como "o teimoso de mim", o escritor expressava dúvida sobre o estatuto destas relíquias: "Não sei se serão derradeiras, creio que sim". A despeito da crença, Machado de Assis enganaria a velhice uma vez mais, escrevendo o *Memorial de Aires*, essa sim sua obra derradeira, publicada em 1908.

Referências bibliográficas

ASSIS, Machado de. *Correspondência de Machado de Assis, tomo I: 1860-1869*. Coord. de Sergio Paulo Rouanet. Org. e comentários de Irene Moutinho e Sílvia Eleutério. Rio de Janeiro: Academia Brasileira de Letras, 2008.

_____. *Correspondência de Machado de Assis, tomo IV: 1901-1904*. Coord. de Sergio Paulo Rouanet. Org. e comentários de Irene Moutinho e Sílvia Eleutério. Rio de Janeiro: Academia Brasileira de Letras, 2012.

_____. *Correspondência de Machado de Assis, tomo V: 1905-1908*. Coord. de Sergio Paulo Rouanet. Org. e comentários de Irene Moutinho e Sílvia Eleutério. Rio de Janeiro: Academia Brasileira de Letras, 2015.

BRASIL. MINISTÉRIO DA EDUCAÇÃO E SAÚDE PÚBLICA. *Exposição Machado de Assis: Centenário do nascimento de Machado de Assis: 1839-1939*. Intr. de Augusto Meyer. Rio de Janeiro: Serviço Gráfico do Ministério da Educação e Saúde, 1939.

CARVALHO, Castelar de. *Dicionário de Machado de Assis: Língua, estilo, temas*. 2. ed. rev. e atual. Rio de Janeiro: Lexikon, 2018.

MACHADO, Ubiratan (Org.). *Machado de Assis: Roteiro da consagração (crítica em vida do autor)*. Rio de Janeiro: EdUERJ, 2003.

MACHADO, Ubiratan. *Bibliografia machadiana 1959-2003*. São Paulo: Edusp, 2005.

_____. *Dicionário de Machado de Assis*. 2. ed. rev. e ampl. São Paulo: Imprensa Oficial; Rio de Janeiro: Academia Brasileira de Letras; Lisboa: Imprensa Nacional, 2021.

SOUSA, José Galante de. *Bibliografia de Machado de Assis*. Rio de Janeiro: Instituto Nacional do Livro, 1955.

_____. *Fontes para o estudo de Machado de Assis*. Rio de Janeiro: Instituto Nacional do Livro, 1958.

_____. "Cronologia de Machado de Assis" [1958]. *Cadernos de Literatura Brasileira: Machado de Assis*, São Paulo, Instituto Moreira Salles, n. 23/24, pp. 10-40, jul. 2008.

Sobre esta edição

Esta edição tomou como base a única publicada em vida do autor, que saiu em 1906 no Rio de Janeiro pela H. Garnier, Livreiro-Editor e foi impressa em Paris. Para o cotejo, foi utilizado o exemplar pertencente à Biblioteca Brasiliana Guita e José Mindlin, da Universidade de São Paulo. Também foi consultada a edição crítica das obras de Machado de Assis, organizada pela Comissão Machado de Assis (2. ed. Rio de Janeiro: Civilização Brasileira; Brasília: Instituto Nacional do Livro, 1977, v. 11). No caso das peças, foram considerados os volumes *Teatro completo de Machado de Assis* (Rio de Janeiro: Ministério da Educação e Saúde, 1982), preparado por Teresinha Marinho, Carmem Gadelha e Fátima Saadi; e *Teatro de Machado de Assis* (São Paulo: Martins Fontes, 2003), organizado por João Roberto Faria.

O estabelecimento do texto orientou-se pelo princípio da máxima fidedignidade àquele tomado como base, adotando as seguintes diretrizes: a pontuação foi mantida, mesmo quando não está em conformidade com os usos atuais; a ortografia foi atualizada, registrando-se as variantes e mantendo-se as oscilações na grafia de algumas palavras; os sinais gráficos, tais como aspas, apóstrofos e travessões, foram padronizados.

Um dos intuitos desta edição é preservar o ritmo de leitura implícito na pontuação que consta em textos sobre os quais atuaram vários agentes, tais como editores, revisores e tipógrafos, mas cuja publicação foi supervisionada pelo escritor. A indicação das variantes ortográficas e a manutenção do modo de ordenação das palavras e dos grifos são importantes para caracterizar a dicção das personagens e dos narradores e constituem também registros, ainda que indiretos, dos hábitos de fala e de escrita de um tempo e lugar, o Rio de Janeiro do século XIX e do início do XX. Ali, imigrantes, especialmente de Portugal, conviviam com afrodescendentes — como é o caso da família de origem do escritor e também daquela que Machado de Assis constituiu com Carolina Xavier de Novais —, e as referências literárias e culturais europeias estavam muito presentes nos círculos letrados nos quais Machado de Assis se formou e que frequentou ao longo de toda a vida.

Neste volume, foram adotadas as formas mais correntes das seguintes variantes registradas no *Vocabulário ortográfico da língua portuguesa* (6. ed. Rio de Janeiro: Academia Brasileira de Letras, 2021): "afecto", "alarma", "alvoraçado", "benção", "borborinho", "cálix", "cômplice", "envólucro", "facto", "gérmen", "gorra" (por "gorro"), "olfacto", "quatorze", "quotidiano", "rectificar", "recto", "regímen", "tacto", "trance" (na expressão "a todo o trance") e "verosimilhança". Foi respeitada a oscilação entre "dous"/"dois", e mantida a grafia de "acoutar", "açoute", "cousa", "doudo" e "louro". No texto de base, há variação entre "nhã" e "nhâ", padronizada aqui como "nhá", forma equivalente a "iaiá".

Para a identificação e atualização das variantes, também foram consultados o *Índice do vocabulário de Machado de Assis*, publicação digital da Academia Brasileira de Letras, e o *Vocabulário onomástico da língua portuguesa* (Rio de Janeiro: Academia Brasileira de Letras, 1999). Os *Vocabulários* e o *Índice* são as obras de referência para a ortografia adotada nesta edição.

Alguns usos peculiares do autor e da época foram respeitados, como o emprego de "sempre" no sentido de "mesmo", "de fato", mais comum em Portugal.

Os destaques do texto de base, com itálico ou aspas, foram mantidos. As palavras em língua estrangeira que aparecem sem qualquer destaque foram atualizadas. Nos casos em que as obras de referência são omissas, manteve-se a grafia da edição de base.

Os sinais gráficos foram padronizados da seguinte forma: aspas (" "), apóstrofos ('), reticências (...) e travessões (—). O uso de espaçamentos, recuo e aspas na transcrição de bilhetes e cartas foi padronizado, bem como a pontuação após citações e falas entre aspas antecedidas de dois-pontos.

A abreviatura adotada para "vossa excelência" foi "V. Exa.".

Nas peças, as rubricas foram padronizadas. Os nomes das personagens, na introdução de suas falas, vêm sempre em versalete. Os textos das rubricas aparecem entre parênteses e em itálico.

As intervenções no texto que não seguem os princípios indicados anteriormente, que não se devem a erros evidentes de composição tipográfica ou, nos casos duvidosos, não acompanham a solução da edição crítica, vêm indicadas por notas de fim, chamadas por letras.

As notas de rodapé, chamadas por números, visam elucidar o significado de palavras ou referências não facilmente encontráveis nos bons dicionários da língua ou por meio de ferramentas eletrônicas de busca e trazer traduções de citações em língua estrangeira. Por vezes, elas abordam também o contexto a que se referem os escritos. As deste volume foram elaboradas por Hélio de Seixas Guimarães [HG], Ieda Lebensztayn [IL], Karina Okamoto [KO], Luciana Antonini Schoeps [LS] e Paulo Dutra [PD]. Há também uma nota do autor à edição de 1906, indicada por [NA].

Machado de Assis

÷÷÷÷÷

Relíquias de casa velha

Advertência

Uma casa tem muita vez as suas relíquias, lembranças de um dia ou de outro, da tristeza que passou, da felicidade que se perdeu. Supõe que o dono pense em as arejar e expor para teu e meu desenfado. Nem todas serão interessantes, não raras serão aborrecidas, mas, se o dono tiver cuidado, pode extrair uma dúzia delas que mereçam sair cá fora.

Chama-lhe à minha vida uma casa, dá o nome de relíquias aos inéditos e impressos que aqui vão, ideias, histórias, críticas, diálogos, e verás explicados o livro e o título. Possivelmente não terão a mesma suposta fortuna daquela dúzia de outras, nem todas valerão a pena de sair cá fora. Depende da tua impressão, leitor amigo, como dependerá de ti a absolvição da má escolha.

MACHADO DE ASSIS

A Carolina

Querida, ao pé do leito derradeiro
Em que descansas dessa longa vida,
Aqui venho e virei, pobre querida,
Trazer-te o coração do companheiro.

Pulsa-lhe aquele afeto verdadeiro
Que, a despeito de toda a humana lida,
Fez a nossa existência apetecida
E num recanto pôs um mundo inteiro.

Trago-te flores, — restos arrancados
Da terra que nos viu passar unidos
E ora mortos nos deixa e separados.

Que eu, se tenho nos olhos malferidos
Pensamentos de vida formulados,
São pensamentos idos e vividos.

Pai contra mãe

A escravidão levou consigo ofícios e aparelhos, como terá sucedido a outras instituições sociais. Não cito alguns aparelhos senão por se ligarem a certo ofício. Um deles era o ferro ao pescoço, outro o ferro ao pé; havia também a máscara de folha de flandres. A máscara fazia perder o vício da embriaguez aos escravos, por lhes tapar a boca. Tinha só três buracos, dous para ver, um para respirar, e era fechada atrás da cabeça por um cadeado. Com o vício de beber, perdiam a tentação de furtar, porque geralmente era dos vinténs do senhor que eles tiravam com que matar a sede, e aí ficavam dous pecados extintos, e a sobriedade e a honestidade certas. Era grotesca tal máscara, mas a ordem social e humana nem sempre se alcança sem o grotesco, e alguma vez o cruel. Os funileiros as tinham penduradas, à venda, na porta das lojas. Mas não cuidemos de máscaras.

O ferro ao pescoço era aplicado aos escravos fujões. Imaginai uma coleira grossa, com a haste grossa também, à direita ou à esquerda, até ao alto da cabeça e fechada atrás com chave. Pesava, naturalmente, mas era menos castigo que sinal. Escravo que fugia assim, onde quer que andasse, mostrava um reincidente, e com pouco era pegado.

Há meio século, os escravos fugiam com frequência. Eram muitos, e nem todos gostavam da escravidão. Sucedia ocasionalmente apanharem pancada, e nem todos gostavam de apanhar pancada. Grande parte era apenas repreendida; havia alguém de casa que servia de padrinho, e o mesmo dono não era mau; além disso, o sentimento da propriedade moderava a ação, porque dinheiro também dói. A fuga repetia-se, entretanto. Casos houve, ainda que raros, em que o escravo de contrabando, apenas comprado no Valongo, deitava a correr, sem conhecer as ruas da cidade. Dos que seguiam para casa, não raros, apenas ladinos, pediam ao senhor que lhes marcasse aluguel, e iam ganhá-lo fora, quitandando.

Quem perdia um escravo por fuga dava algum dinheiro a quem lho levasse. Punha anúncios nas folhas públicas, com os sinais do fugido, o nome, a roupa, o defeito físico, se o tinha, o bairro por onde andava e a quantia de gratificação. Quando não vinha a quantia, vinha promessa: "gratificar-se-á generosamente", — ou "receberá uma boa gratificação". Muita vez o anúncio trazia em cima ou ao lado uma vinheta, figura de preto, descalço, correndo, vara ao ombro, e na ponta uma trouxa. Protestava-se com todo o rigor da lei contra quem o acoutasse.

Ora, pegar escravos fugidos era um ofício do tempo. Não seria nobre, mas por ser instrumento da força com que se mantêm a lei e a propriedade, trazia esta outra nobreza implícita das ações reivindicadoras. Ninguém se metia em tal ofício por desfastio ou estudo; a pobreza, a necessidade de uma achega, a inaptidão para outros trabalhos, o acaso, e alguma vez o gosto de servir também, ainda que por outra via, davam o impulso ao homem que se sentia bastante rijo para pôr ordem à desordem.

Cândido Neves, — em família, Candinho, — é a pessoa a quem se liga a história de uma fuga, cedeu à pobreza, quando adquiriu o ofício de pegar escravos fugidos. Tinha um defeito grave esse homem, não aguentava emprego nem ofício, carecia de estabilidade; é o que ele chamava caiporismo.[1] Começou por querer aprender tipografia, mas viu cedo que era preciso algum tempo para compor bem, e ainda assim talvez não ganhasse o bastante; foi o que ele disse a si mesmo. O comércio chamou-lhe a atenção, era carreira boa. Com algum esforço entrou de caixeiro para um armarinho. A obrigação, porém, de atender e servir a todos feria-o na corda do orgulho, e ao cabo de cinco ou seis semanas estava na rua por sua vontade. Fiel de cartório, contínuo de uma repartição anexa ao ministério do império, carteiro e outros empregos foram deixados pouco depois de obtidos.

Quando veio a paixão da moça Clara, não tinha ele mais que dívidas, ainda que poucas, porque morava com um primo, entalhador de ofício. Depois de várias tentativas para obter emprego, resolveu adotar o ofício do primo, de que aliás já tomara algumas lições. Não lhe custou apanhar outras, mas, querendo aprender depressa, aprendeu mal. Não fazia obras finas nem complicadas, apenas garras para sofás e relevos comuns para cadeiras. Queria ter em que trabalhar quando casasse, e o casamento não se demorou muito.

Contava trinta anos, Clara vinte e dous. Ela era órfã, morava com uma tia, Mônica, e cosia com ela. Não cosia tanto que não namorasse o seu pouco, mas os namorados apenas queriam matar o tempo; não tinham outro

---

1. A caracterização de personagens como caiporas, azarados é recorrente na obra de Machado de Assis. [IL]

empenho. Passavam às tardes, olhavam muito para ela, ela para eles, até que a noite a fazia recolher para a costura. O que ela notava é que nenhum deles lhe deixava saudades nem lhe acendia desejos. Talvez nem soubesse o nome de muitos. Queria casar, naturalmente. Era, como lhe dizia a tia, um pescar de caniço, a ver se o peixe pegava, mas o peixe passava de longe; algum que parasse, era só para andar à roda da isca, mirá-la, cheirá-la, deixá-la e ir a outras.

O amor traz sobrescritos. Quando a moça viu Cândido Neves, sentiu que era este o possível marido, o marido verdadeiro e único. O encontro deu-se em um baile; tal foi — para lembrar o primeiro ofício do namorado, — tal foi a página inicial daquele livro, que tinha de sair mal composto e pior brochado. O casamento fez-se onze meses depois, e foi a mais bela festa das relações dos noivos. Amigas de Clara, menos por amizade que por inveja, tentaram arredá-la do passo que ia dar. Não negavam a gentileza do noivo, nem o amor que lhe tinha, nem ainda algumas virtudes; diziam que era dado em demasia a patuscadas.

— Pois ainda bem, replicava a noiva; ao menos, não caso com defunto.

— Não, defunto não; mas é que...

Não diziam o que era. Tia Mônica, depois do casamento, na casa pobre onde eles se foram abrigar, falou-lhes uma vez nos filhos possíveis. Eles queriam um, um só, embora viesse agravar a necessidade.

— Vocês, se tiverem um filho, morrem de fome, disse a tia à sobrinha.

— Nossa Senhora nos dará de comer, acudiu Clara.

Tia Mônica devia ter-lhes feito a advertência, ou

ameaça, quando ele lhe foi pedir a mão da moça; mas também ela era amiga de patuscadas, e o casamento seria uma festa, como foi.

A alegria era comum aos três. O casal ria a propósito de tudo. Os mesmos nomes eram objeto de trocados, Clara, Neves, Cândido; não davam que comer, mas davam que rir, e o riso digeria-se sem esforço. Ela cosia agora mais, ele saía a empreitadas de uma cousa e outra; não tinha emprego certo.

Nem por isso abriam mão do filho. O filho é que, não sabendo daquele desejo específico, deixava-se estar escondido na eternidade. Um dia, porém, deu sinal de si a criança; varão ou fêmea, era o fruto abençoado que viria trazer ao casal a suspirada ventura. Tia Mônica ficou desorientada, Cândido e Clara riram dos seus sustos.

— Deus nos há de ajudar, titia, insistia a futura mãe.

A notícia correu de vizinha a vizinha. Não houve mais que espreitar a aurora do dia grande. A esposa trabalhava agora com mais vontade, e assim era preciso, uma vez que, além das costuras pagas, tinha de ir fazendo com retalhos o enxoval da criança. À força de pensar nela, vivia já com ela, media-lhe fraldas, cosia-lhe camisas. A porção era escassa, os intervalos longos. Tia Mônica ajudava, é certo, ainda que de má vontade.

— Vocês verão a triste vida, suspirava ela.

— Mas as outras crianças não nascem também? perguntou Clara.

— Nascem, e acham sempre alguma cousa certa que comer, ainda que pouco...

— Certa como?

— Certa, um emprego, um ofício, uma ocupação, mas em que é que o pai dessa infeliz criatura que aí vem, gasta o tempo?

Cândido Neves, logo que soube daquela advertência, foi ter com a tia, não áspero, mas muito menos manso que de costume, e lhe perguntou se já algum dia deixara de comer.

— A senhora ainda não jejuou senão pela semana santa, e isso mesmo quando não quer jantar comigo. Nunca deixamos de ter o nosso bacalhau...

— Bem sei, mas somos três.

— Seremos quatro.

— Não é a mesma cousa.

— Que quer então que eu faça, além do que faço?

— Alguma cousa mais certa. Veja o marceneiro da esquina, o homem do armarinho, o tipógrafo que casou sábado, todos têm um emprego certo... Não fique zangado; não digo que você seja vadio, mas a ocupação que escolheu, é vaga. Você passa semanas sem vintém.

— Sim, mas lá vem uma noite que compensa tudo, até de sobra. Deus não me abandona, e preto fugido sabe que comigo não brinca; quase nenhum resiste, muitos entregam-se logo.

Tinha glória nisto, falava da esperança como de capital seguro. Daí a pouco ria, e fazia rir à tia, que era naturalmente alegre, e previa uma patuscada no batizado.

Cândido Neves perdera já o ofício de entalhador, como abrira mão de outros muitos, melhores ou piores. Pegar escravos fugidos trouxe-lhe um encanto novo. Não obrigava a estar longas horas sentado. Só exigia força, olho vivo, paciência, coragem e um pedaço de corda. Cândido Neves lia os anúncios, copiava-os, metia-os no bolso e saía às pesquisas. Tinha boa memória. Fixados os sinais e os costumes de um escravo fugido, gastava pouco tempo em achá-lo, segurá-lo, amarrá-lo e levá-lo. A força era muita, a agilidade também. Mais de uma vez, a uma esquina, conversando de cousas remotas, via passar um escravo como os outros, e descobria logo que ia fugido, quem era, o nome, o dono, a casa deste e a gratificação; interrompia a conversa e ia atrás do vicioso. Não o apanhava logo, espreitava lugar azado, e de um salto tinha a gratificação nas mãos. Nem sempre saía sem sangue, as unhas e os dentes do outro trabalhavam, mas geralmente ele os vencia sem o menor arranhão.

Um dia os lucros entraram a escassear. Os escravos fugidos não vinham já, como dantes, meter-se nas mãos de Cândido Neves. Havia mãos novas e hábeis. Como o negócio crescesse, mais de um desempregado pegou em si e numa corda, foi aos jornais, copiou anúncios e deitou-se à caçada. No próprio bairro havia mais de um competidor. Quer dizer que as dívidas de Cândido Neves começaram de subir, sem aqueles pagamentos prontos ou quase prontos dos primeiros tempos. A vida fez-se difícil e dura. Comia-se fiado e mal; comia-se tarde. O senhorio mandava pelos aluguéis.

Clara não tinha sequer tempo de remendar a roupa ao marido, tanta era a necessidade de coser para fora. Tia Mônica ajudava a sobrinha, naturalmente. Quando ele chegava à tarde, via-se-lhe pela cara que não trazia vintém. Jantava e saía outra vez, à cata de algum fugido. Já lhe sucedia, ainda que raro, enganar-se de pessoa, e pegar em escravo fiel que ia a serviço de seu senhor; tal era a cegueira da necessidade. Certa vez capturou um preto livre; desfez-se em desculpas, mas recebeu grande soma de murros que lhe deram os parentes do homem.

— É o que lhe faltava! exclamou tia Mônica, ao vê-lo entrar, e depois de ouvir narrar o equívoco e suas consequências. Deixe-se disso, Candinho; procure outra vida, outro emprego.

Cândido quisera efetivamente fazer outra cousa, não pela razão do conselho, mas por simples gosto de trocar de ofício; seria um modo de mudar de pele ou de pessoa. O pior é que não achava à mão negócio que aprendesse depressa.

A natureza ia andando, o feto crescia, até fazer-se pesado à mãe, antes de nascer. Chegou o oitavo mês, mês de angústias e necessidades, menos ainda que o nono, cuja narração dispenso também. Melhor é dizer somente os seus efeitos. Não podiam ser mais amargos.

— Não, tia Mônica! bradou Candinho, recusando um conselho que me custa escrever, quanto mais ao pai ouvi-lo. Isso nunca!

Foi na última semana do derradeiro mês que a tia Mônica deu ao casal o conselho de levar a criança que nascesse à Roda dos enjeitados. Em verdade, não podia haver palavra mais dura de tolerar a dous jovens pais que espreitavam a criança, para beijá-la, guardá-la, vê-la rir, crescer, engordar, pular... Enjeitar quê? enjeitar como? Candinho arregalou os olhos para a tia, e acabou dando um murro na mesa de jantar. A mesa, que era velha e desconjuntada, esteve quase a se desfazer inteiramente. Clara interveio:

— Titia não fala por mal, Candinho.

— Por mal? replicou tia Mônica. Por mal ou por bem, seja o que for, digo que é o melhor que vocês podem fazer. Vocês devem tudo; a carne e o feijão vão faltando. Se não aparecer algum dinheiro, como é que a família há de aumentar? E depois, há tempo; mais tarde, quando o senhor tiver a vida mais segura, os filhos que vierem serão recebidos com o mesmo cuidado que este ou maior. Este será bem-criado, sem lhe faltar nada. Pois então a Roda é alguma praia ou monturo? Lá não se mata ninguém, ninguém morre à toa, enquanto que aqui é certo morrer, se viver à míngua. Enfim...

Tia Mônica terminou a frase com um gesto de ombros, deu as costas e foi meter-se na alcova. Tinha já insinuado aquela solução, mas era a primeira vez que o fazia com tal franqueza e calor, — crueldade, se preferes. Clara estendeu a mão ao marido, como a amparar-lhe o ânimo; Cândido Neves fez uma careta, e chamou maluca à tia, em voz baixa. A ternura dos dous foi interrompida por alguém que batia à porta da rua.

— Quem é? perguntou o marido.

— Sou eu.

Era o dono da casa, credor de três meses de aluguel, que vinha em pessoa ameaçar o inquilino. Este quis que ele entrasse.

— Não é preciso...

— Faça favor.

O credor entrou e recusou sentar-se; deitou os olhos à mobília para ver se daria algo à penhora; achou que pouco. Vinha receber os aluguéis vencidos, não podia esperar mais; se dentro de cinco dias não fosse pago, pô-lo-ia na rua. Não havia trabalhado para regalo dos outros. Ao vê-lo, ninguém diria que era proprietário;

mas a palavra supria o que faltava ao gesto, e o pobre Cândido Neves preferiu calar a retorquir. Fez uma inclinação de promessa e súplica ao mesmo tempo. O dono da casa não cedeu mais.

— Cinco dias ou rua! repetiu, metendo a mão no ferrolho da porta e saindo.

Candinho saiu por outro lado. Nesses lances não chegava nunca ao desespero, contava com algum empréstimo, não sabia como nem onde, mas contava. Demais, recorreu aos anúncios. Achou vários, alguns já velhos, mas em vão os buscava desde muito. Gastou algumas horas sem proveito, e tornou para casa. Ao fim de quatro dias, não achou recursos; lançou mão de empenhos, foi a pessoas amigas do proprietário, não alcançando mais que a ordem de mudança.

A situação era aguda. Não achavam casa, nem contavam com pessoa que lhes emprestasse alguma; era ir para a rua. Não contavam com a tia. Tia Mônica teve arte de alcançar aposento para os três em casa de uma senhora velha e rica, que lhe prometeu emprestar os quartos baixos da casa, ao fundo da cocheira, para os lados de um pátio. Teve ainda a arte maior de não dizer nada aos dous, para que Cândido Neves, no desespero da crise, começasse por enjeitar o filho e acabasse alcançando algum meio seguro e regular de obter dinheiro; emendar a vida, em suma. Ouvia as queixas de Clara, sem as repetir, é certo, mas sem as consolar. No dia em que fossem obrigados a deixar a casa, fá-los-ia espantar com a notícia do obséquio e iriam dormir melhor do que cuidassem.

Assim sucedeu. Postos fora da casa, passaram ao aposento de favor, e dous dias depois nasceu a criança.

A alegria do pai foi enorme, e a tristeza também. Tia Mônica insistiu em dar a criança à Roda. "Se você não a quer levar, deixe isso comigo; eu vou à rua dos Barbonos." Cândido Neves pediu que não, que esperasse, que ele mesmo a levaria. Notai que era um menino, e que ambos os pais desejavam justamente este sexo. Mal lhe deram algum leite; mas, como chovesse à noite, assentou o pai levá-lo à Roda na noite seguinte.

Naquela reviu todas as suas notas de escravos fugidos. As gratificações pela maior parte eram promessas; algumas traziam a soma escrita e escassa. Uma, porém, subia a cem mil-réis. Tratava-se de uma mulata; vinham indicações de gesto e de vestido. Cândido Neves andara a pesquisá-la sem melhor fortuna, e abrira mão do negócio; imaginou que algum amante da escrava a houvesse recolhido. Agora, porém, a vista nova da quantia e a necessidade dela animaram Cândido Neves a fazer um grande esforço derradeiro. Saiu de manhã a ver e indagar pela rua e largo da Carioca, rua do Parto e da Ajuda, onde ela parecia andar, segundo o anúncio. Não a achou; apenas um farmacêutico da rua da Ajuda se lembrava de ter vendido uma onça de qualquer droga, três dias antes, à pessoa que tinha os sinais indicados. Cândido Neves parecia falar como dono da escrava, e agradeceu cortesmente a notícia. Não foi mais feliz com outros fugidos de gratificação incerta ou barata.

Voltou para a triste casa que lhe haviam emprestado. Tia Mônica arranjara de si mesma a dieta para a recente mãe, e tinha já o menino para ser levado à Roda. O pai, não obstante o acordo feito, mal pôde esconder a dor do espetáculo. Não quis comer o que tia Mônica lhe guardara; não tinha fome, disse, e era verdade. Cogitou mil modos de ficar com o filho; nenhum prestava. Não podia esquecer o próprio albergue em que vivia. Consultou a mulher, que se mostrou resignada. Tia Mônica pintara-lhe a criação do menino; seria maior miséria, podendo suceder que o filho achasse a morte sem recurso. Cândido Neves foi obrigado a cumprir a promessa; pediu à mulher que desse ao filho o resto do leite que ele beberia da mãe. Assim se fez; o pequeno adormeceu, o pai pegou dele, e saiu na direção da rua dos Barbonos.

Que pensasse mais de uma vez em voltar para casa com ele, é certo; não menos certo é que o agasalhava muito, que o beijava, que lhe cobria o rosto para preservá-lo do sereno. Ao entrar na rua da Guarda Velha, Cândido Neves começou a afrouxar o passo.

— Hei de entregá-lo o mais tarde que puder, murmurou ele.

Mas não sendo a rua infinita ou sequer longa, viria a acabá-la; foi então que lhe ocorreu entrar por um dos becos que ligavam aquela à rua da Ajuda. Chegou ao fim do beco e, indo a dobrar à direita, na direção do largo da Ajuda, viu do lado oposto, um vulto de mulher; era a mulata fugida. Não dou aqui a comoção de Cândido Neves por não podê-lo fazer com a intensidade real. Um adjetivo basta; digamos enorme. Descendo a mulher, desceu ele também; a poucos passos estava a farmácia onde obtivera a informação, que referi acima. Entrou, achou o farmacêutico, pediu-lhe a fineza de guardar a criança por um instante; viria buscá-la sem falta.

— Mas...

Cândido Neves não lhe deu tempo de dizer nada; saiu rápido, atravessou a rua, até ao ponto em que pudesse pegar a mulher sem dar alarme. No extremo da rua, quando ela ia a descer a de S. José, Cândido Neves aproximou-se dela. Era a mesma, era a mulata fujona.

— Arminda! bradou, conforme a nomeava o anúncio.

Arminda voltou-se sem cuidar malícia. Foi só quando ele, tendo tirado o pedaço de corda da algibeira, pegou dos braços da escrava, que ela compreendeu e quis fugir. Era já impossível. Cândido Neves, com as mãos robustas, atava-lhe os pulsos e dizia que andasse. A escrava quis gritar, parece que chegou a soltar alguma voz mais alta que de costume, mas entendeu logo que ninguém viria libertá-la, ao contrário. Pediu então que a soltasse pelo amor de Deus.

— Estou grávida, meu senhor! exclamou. Se Vossa Senhoria tem algum filho, peço-lhe por amor dele que me solte; eu serei sua escrava, vou servi-lo pelo tempo que quiser. Me solte, meu senhor moço!

— Siga! repetiu Cândido Neves.

— Me solte!

— Não quero demoras; siga!

Houve aqui luta, porque a escrava, gemendo, arrastava-se a si e ao filho. Quem passava ou estava à porta de uma loja, compreendia o que era e naturalmente não acudia.[2] Arminda ia alegando que o senhor era muito mau, e provavelmente a castigaria com açoutes, — cousa que, no estado em que ela estava,

---

2. A naturalização da escravidão e de suas práticas aqui sutilmente aludida remata o círculo iniciado nas primeiras páginas quando são listados instrumentos de tortura exibidos nas portas das lojas. Acrescente-se que, apesar de tradicionalmente lido como um homem branco e, equivocadamente, como "capitão do mato", a ambiguidade racial do protagonista agrega uma camada mais de ironia ao texto. [PD]

seria pior de sentir. Com certeza, ele lhe mandaria dar açoutes.

— Você é que tem culpa. Quem lhe manda fazer filhos e fugir depois? perguntou Cândido Neves.

Não estava em maré de riso, por causa do filho que lá ficara na farmácia, à espera dele. Também é certo que não costumava dizer grandes cousas. Foi arrastando a escrava pela rua dos Ourives, em direção à da Alfândega, onde residia o senhor. Na esquina desta a luta cresceu; a escrava pôs os pés à parede, recuou com grande esforço, inutilmente. O que alcançou foi, apesar de ser a casa próxima, gastar mais tempo em lá chegar do que devera. Chegou, enfim, arrastada, desesperada, arquejando. Ainda ali ajoelhou-se, mas em vão. O senhor estava em casa, acudiu ao chamado e ao rumor.

— Aqui está a fujona, disse Cândido Neves.
— É ela mesma.
— Meu senhor!
— Anda, entra...

Arminda caiu no corredor. Ali mesmo o senhor da escrava abriu a carteira e tirou os cem mil-réis de gratificação. Cândido Neves guardou as duas notas de cinquenta mil-réis, enquanto o senhor novamente dizia à escrava que entrasse. No chão, onde jazia, levada do medo e da dor, e após algum tempo de luta a escrava abortou.

O fruto de algum tempo entrou sem vida neste mundo, entre os gemidos da mãe e os gestos de desespero do dono. Cândido Neves viu todo esse espetáculo. Não sabia que horas eram. Quaisquer que fossem, urgia correr à rua da Ajuda, e foi o que ele fez sem querer conhecer as consequências do desastre.

Quando lá chegou, viu o farmacêutico sozinho, sem o filho que lhe entregara. Quis esganá-lo. Felizmente, o farmacêutico explicou tudo a tempo; o menino estava lá dentro com a família, e ambos entraram. O pai recebeu o filho com a mesma fúria com que pegara a escrava fujona de há pouco, fúria diversa, naturalmente, fúria de amor. Agradeceu depressa e mal, e saiu às carreiras, não para a Roda dos enjeitados, mas para a casa de empréstimo, com o filho e os cem mil-réis de gratificação. Tia Mônica, ouvida a explicação, perdoou a volta do pequeno, uma vez que trazia os cem mil-réis. Disse, é verdade, algumas palavras duras contra a escrava, por causa do aborto, além da fuga. Cândido Neves, beijando o filho, entre lágrimas verdadeiras, abençoava a fuga e não se lhe dava do aborto.

— Nem todas as crianças vingam, bateu-lhe o coração.

Maria Cora

****

I

Uma noite, voltando para casa, trazia tanto sono que não dei corda ao relógio. Pode ser também que a vista de uma senhora que encontrei em casa do comendador T... contribuísse para aquele esquecimento; mas estas duas razões destroem-se. Cogitação tira o sono e o sono impede a cogitação; só uma das causas devia ser verdadeira. Ponhamos que nenhuma, e fiquemos no principal, que é o relógio parado, de manhã, quando me levantei, ouvindo dez horas no relógio da casa.

Morava então (1893) em uma casa de pensão no Catete. Já por esse tempo este gênero de residência florescia no Rio de Janeiro. Aquela era pequena e tranquila. Os quatrocentos contos de réis permitiam-me casa exclusiva e própria; mas, em primeiro lugar, já eu ali residia quando os adquiri, por jogo de praça; em segundo lugar, era um solteirão de quarenta anos, tão afeito à vida de hospedaria que me seria impossível morar só. Casar não era menos impossível. Não é que me faltassem noivas. Desde os fins de 1891 mais de uma dama, — e não das menos belas, — olhou para mim com olhos brandos e amigos. Uma das filhas do comendador tratava-me com particular atenção. A nenhuma dei corda; o celibato era a minha alma, a minha vocação, o meu costume, a minha única ventura. Amaria de empreitada e por desfastio. Uma ou duas aventuras por ano bastavam a um coração meio inclinado ao ocaso e à noite.

Talvez por isso dei alguma atenção à senhora que vi em casa do comendador, na véspera. Era uma criatura morena, robusta, vinte e oito a trinta anos, vestida de escuro; entrou às dez horas, acompanhada de uma tia velha. A recepção que lhe fizeram, foi mais cerimoniosa que as outras; era a primeira vez que ali ia. Eu era a terceira. Perguntei se era viúva.

— Não; é casada.
— Com quem?
— Com um estancieiro do Rio Grande.
— Chama-se?
— Ele? Fonseca, ela Maria Cora.
— O marido não veio com ela?
— Está no Rio Grande.

Não soube mais nada; mas a figura da dama interessou-me pelas graças físicas, que eram o oposto do que poderiam sonhar poetas românticos e artistas seráficos. Conversei com ela alguns minutos, sobre cousas indiferentes, — mas suficientes para escutar-lhe a voz, que era musical, e saber que tinha opiniões republicanas. Vexou-me confessar que não as professava de espécie alguma; declarei-me vagamente pelo futuro do país. Quando ela falava, tinha um modo de umedecer os beiços, não sei se casual, mas gracioso e picante. Creio que, vistas assim ao pé, as feições não eram tão corretas como pareciam a distância, mas eram mais suas, mais originais.

II

De manhã tinha o relógio parado. Chegando à cidade, desci a rua do Ouvidor, até à da Quitanda, e indo a voltar à direita, para ir ao escritório do meu advogado, lembrou-me ver que horas eram. Não me acudiu que o relógio estava parado.

— Que maçada! exclamei.

Felizmente, naquela mesma rua da Quitanda, à esquerda, entre as do Ouvidor e Rosário, era a oficina onde eu comprara o relógio, e a cuja pêndula usava acertá-lo. Em vez de ir para um lado, fui para outro. Era apenas meia hora; dei corda ao relógio, acertei-o, troquei duas palavras com o oficial que estava ao balcão, e indo a sair, vi à porta de uma loja de novidades que ficava defronte, nem mais nem menos que a senhora de escuro que encontrara em casa do comendador. Cumprimentei-a, ela correspondeu depois de alguma hesitação, como se me não houvesse reconhecido logo, e depois seguiu pela rua da Quitanda fora, ainda para o lado esquerdo.

Como tivesse algum tempo ante mim (pouco menos de trinta minutos), dei-me a andar atrás de Maria Cora. Não digo que uma força violenta me levasse já, mas não posso esconder que cedia a qualquer impulso de curiosidade e desejo; era também um resto da juventude passada. Na rua, andando, vestida de escuro, como na véspera, Maria Cora pareceu-me ainda melhor. Pisava forte, não apressada nem lenta, o bastante para deixar ver e admirar as belas formas, mui mais corretas que as linhas do rosto. Subiu a rua do Hospício, até uma oficina de ocularista, onde entrou e ficou dez minutos ou mais. Deixei-me estar a distância, fitando a porta disfarçadamente. Depois saiu, arrepiou caminho, e dobrou a rua dos Ourives, até à do Rosário, por onde subiu até ao largo da Sé; daí passou ao de

S. Francisco de Paula. Todas essas reminiscências parecerão escusadas, se não aborrecíveis; a mim dão-me uma sensação intensa e particular, são os primeiros passos de uma carreira penosa e longa. Demais, vereis por aqui que ela evitava subir a rua do Ouvidor, que todos e todas buscariam àquela ou a outra hora para ir ao largo de S. Francisco de Paula. Foi atravessando o largo, na direção da Escola Politécnica, mas a meio caminho veio ter com ela um carro que estava parado defronte da Escola; meteu-se nele, e o carro partiu.

A vida tem suas encruzilhadas, como outros caminhos da terra. Naquele momento achei-me diante de uma assaz complicada, mas não tive tempo de escolher direção, — nem tempo nem liberdade. Ainda agora não sei como é que me vi dentro de um tílburi; é certo que me vi nele, dizendo ao cocheiro que fosse atrás do carro.

Maria Cora morava no Engenho Velho; era uma boa casa, sólida, posto que antiga, dentro de uma chácara. Vi que morava ali, porque a tia estava a uma das janelas. Demais, saindo do carro, Maria Cora disse ao cocheiro (o meu tílburi ia passando adiante) que naquela semana não sairia mais, e que aparecesse segunda-feira ao meio-dia. Em seguida, entrou pela chácara, como dona dela, e parou a falar ao feitor, que lhe explicava alguma cousa com o gesto.

Voltei depois que ela entrou em casa, e só muito abaixo é que me lembrou de ver as horas; era quase uma e meia. Vim a trote largo até à rua da Quitanda, onde me apeei à porta do advogado.

— Pensei que não vinha, disse-me ele.

— Desculpe, doutor, encontrei um amigo que me deu uma maçada.

Não era a primeira vez que mentia na minha vida, nem seria a última.

III

Fiz-me encontradiço com Maria Cora, na casa do comendador, primeiro, e depois em outras. Maria Cora não vivia absolutamente reclusa, dava alguns passeios e fazia visitas. Também recebia, mas sem dia certo, uma ou outra vez, e apenas cinco a seis pessoas da intimidade. O sentimento geral é que era pessoa de fortes sentimentos e austeros costumes. Acrescentai a isto o espírito, um espírito agudo, brilhante e viril. Capaz de resistências e fadigas, não menos que de violências e combates, era feita, como dizia um poeta que lá ia à casa dela, "de um pedaço de pampa e outro de pampeiro". A imagem era em verso e com rima,[A] mas a mim só me ficou a ideia e o principal das palavras. Maria Cora gostava de ouvir definir-se assim, posto não andasse mostrando aquelas forças a cada passo, nem contando as suas memórias da adolescência. A tia é que contava algumas, com amor, para concluir que lhe saía a ela, que também fora assim na mocidade. A justiça pede que se diga que, ainda agora, apesar de doente, a tia era pessoa de muita vida e robustez.

Com pouco, apaixonei-me pela sobrinha. Não me pesa confessá-lo, pois foi a ocasião da única página da minha vida que merece atenção particular. Vou narrá-la brevemente; não conto novela nem direi mentiras.

Gostei de Maria Cora. Não lhe confiei logo o que sentia, mas é provável que ela o percebesse ou adivinhasse, como todas as mulheres. Se a descoberta ou adivinhação foi anterior à minha ida à casa do Engenho Velho, nem assim deveis censurá-la por me haver convidado a ir ali uma noite. Podia ser-lhe então indiferente a minha disposição moral; podia também gostar de se sentir querida, sem a menor ideia de retribuição. A verdade é que fui essa noite e tornei outras; a tia gostava de mim e dos meus modos. O poeta que lá ia, tagarela e tonto, disse uma vez que estava afinando a lira para o casamento da tia comigo. A tia riu-se; eu, que queria as boas graças dela, não podia deixar de rir também, e o caso foi matéria de conversação por uma semana; mas já então o meu amor à outra tinha atingido ao cume.

Soube, pouco depois, que Maria Cora vivia separada do marido. Tinham casado oito anos antes, por verdadeira paixão. Viveram felizes cinco. Um dia, sobreveio uma aventura do marido que destruiu a paz do casal. João da Fonseca apaixonou-se por uma figura de circo, uma chilena que voava em cima do cavalo, Dolores, e deixou a estância para ir atrás dela. Voltou seis meses depois, curado do amor, mas curado à força, porque a aventureira se namorou do redator de um jornal, que não tinha vintém, e por ele abandonou Fonseca e a sua prataria. A esposa tinha jurado não aceitar mais o esposo, e tal foi a declaração que lhe fez quando ele apareceu na estância.

— Tudo está acabado entre nós; vamos desquitar-nos.

João da Fonseca teve um primeiro gesto de acordo; era um quadragenário orgulhoso, para quem tal proposta era de si mesma uma ofensa. Durante uma noite tratou dos preparativos para o desquite; mas, na seguinte manhã, a vista das graças da esposa novamente o comoveram. Então, sem tom implorativo, antes como quem lhe perdoava, entendeu dizer-lhe que deixasse passar uns seis meses. Se ao fim de seis meses, persistisse o sentimento atual que inspirava a proposta do desquite, este se faria. Maria Cora não queria aceitar a emenda, mas a tia, que residia em Porto Alegre e fora passar algumas semanas na estância, interveio com boas palavras. Antes de três meses estavam reconciliados.

— João, disse-lhe a mulher no dia seguinte ao da reconciliação, você deve ver que o meu amor é maior que o meu ciúme, mas[A] fica entendido que este caso da nossa vida é único. Nem você me fará outra, nem eu lhe perdoarei nada mais.

João da Fonseca achava-se então em um renascimento do delírio conjugal; respondeu à mulher jurando tudo e mais alguma cousa. Aos quarenta anos, concluiu ele, não se fazem duas aventuras daquelas, e a minha foi de doer. Você verá, agora é para sempre.

A vida recomeçou tão feliz, como dantes, — ele dizia que mais. Com efeito, a paixão da esposa era violenta, e o marido tornou a amá-la como outrora. Viveram assim dous anos. Ao fim desse tempo, os ardores do marido haviam diminuído, alguns amores passageiros vieram meter-se entre ambos. Maria Cora, ao contrário do que lhe dissera, perdoou essas faltas, que aliás não tiveram a extensão nem o vulto da aventura Dolores. Os desgostos, entretanto, apareceram e grandes. Houve cenas violentas. Ela parece que chegou mais de uma vez a ameaçar que se mataria; mas, posto não lhe faltasse o preciso ânimo, não fez tentativa nenhuma, a tal ponto lhe doía deixar a própria causa do mal, que era o marido. João da Fonseca percebeu isto mesmo, e acaso explorou a fascinação que exercia na mulher.

Uma circunstância política veio complicar esta situação moral. João da Fonseca era pelo lado da revolução, dava-se com vários dos seus chefes, e pessoalmente detestava alguns dos contrários. Maria Cora, por laços de família, era adversa aos federalistas. Esta oposição de sentimentos não seria bastante para separá-los, nem se pode dizer que, por si mesma, azedasse a vida dos dous. Embora a mulher, ardente em tudo, não o fosse menos em condenar a revolução, chamando nomes crus aos seus chefes e oficiais; embora o marido, também excessivo, replicasse com igual ódio, os seus arrufos políticos apenas aumentariam os domésticos, e provavelmente não passariam dessa troca de conceitos, se uma nova Dolores, desta vez Prazeres, e não chilena nem saltimbanca, não revivesse os dias amargos de outro tempo. Prazeres era ligada ao partido da revolução, não só pelos sentimentos, como pelas relações da vida com um federalista. Eu a conheci pouco depois, era bela e airosa; João da Fonseca era também um homem gentil e sedutor. Podiam amar-se fortemente, e assim foi. Vieram incidentes, mais ou menos graves, até que um decisivo determinou a separação do casal.

Já cuidavam disto desde algum tempo, mas a reconciliação não seria impossível, apesar da palavra de Maria Cora, graças à intervenção da tia; esta havia insinuado à sobrinha que residisse três ou quatro meses no Rio de Janeiro ou em S. Paulo. Sucedeu, porém, uma cousa triste de dizer. O marido, em um momento de desvario, ameaçou a mulher com o rebenque. Outra versão diz que ele tentara esganá-la. Quero crer que a verídica é a primeira, e que a segunda foi inventada para tirar à violência de João da Fonseca o que pudesse haver deprimente e vulgar. Maria Cora não disse mais uma só palavra ao marido. A separação foi imediata; a mulher veio com a tia para o Rio de Janeiro, depois de arranjados amigavelmente os interesses pecuniários. Demais, a tia era rica.

João da Fonseca e Prazeres ficaram vivendo juntos uma vida de aventuras que não importa escrever aqui. Só uma cousa interessa diretamente à minha narração. Tempos depois da separação do casal, João da Fonseca estava alistado entre os revolucionários. A paixão política, posto que forte, não o levaria a pegar em armas, se não fosse uma espécie de desafio da parte de Prazeres; assim correu entre os amigos dele, mas ainda este ponto é obscuro. A versão é que ela, exasperada com o resultado de alguns combates, disse ao estancieiro que iria, disfarçada em homem, vestir farda de soldado e bater-se pela revolução. Era capaz disto; o amante disse-lhe que era uma loucura, ela acabou propondo-lhe que, nesse caso, fosse ele bater-se em vez dela; era uma grande prova de amor que lhe daria.

— Não te tenho dado tantas?

— Tem, sim; mas esta é a maior de todas, esta me fará cativa até à morte.

— Então agora ainda não é até à morte? perguntou ele rindo.

— Não.

Pode ser que as cousas se passassem assim. Prazeres era, com efeito, uma mulher caprichosa e imperiosa, e sabia prender um homem por laços de ferro.

O federalista, de quem se separou para acompanhar João da Fonseca, depois de fazer tudo para reavê-la, passou à campanha oriental,[3] onde dizem que vive pobremente, encanecido e envelhecido vinte anos, sem querer saber de mulheres nem de política. João da Fonseca acabou cedendo; ela pediu para acompanhá-lo, e até bater-se, se fosse preciso; ele negou-lho. A revolução triunfaria em breve, disse; vencidas as forças do governo, tornaria à estância, onde ela o esperaria.

— Na estância, não, respondeu Prazeres; espero-te em Porto Alegre.

IV

Não importa dizer o tempo que despendi nos inícios da minha paixão, mas não foi grande. A paixão cresceu rápida e forte. Afinal senti-me tão tomado dela que não pude mais guardá-la comigo, e resolvi declarar-lha uma noite; mas a tia, que usava cochilar desde as nove horas (acordava às quatro) daquela vez não pregou olho, e, ainda que o fizesse, é provável que eu não alcançasse falar; tinha a voz presa e na rua senti

---

3. Referência à Banda Oriental ou província Oriental, que compreendia o atual território do Uruguai e parte do sudoeste do Rio Grande do Sul, formada por planícies conhecidas como pampas ou campanha. A região e suas adjacências foram objeto de tensões e disputas entre Espanha e Portugal desde as missões jesuíticas do período colonial, até a anexação ao Brasil em 1821 com a criação da província da Cisplatina, o que desencadeou a guerra homônima. Com o fim do conflito, em 1828, a província conquista a independência, formando-se o que hoje é o Uruguai. [LS]

uma vertigem igual à que me deu a primeira paixão da minha vida.

— Sr. Correia, não vá cair, disse a tia quando eu passei à varanda, despedindo-me.

— Deixe estar, não caio.

Passei mal a noite; não pude dormir mais de duas horas, aos pedaços, e antes das cinco estava em pé.

— É preciso acabar com isto! exclamei.

De fato, não parecia achar em Maria Cora mais que benevolência e perdão, mas era isso mesmo que a tornava apetecível. Todos os amores da minha vida tinham sido fáceis; em nenhuma encontrei resistência, a nenhuma deixei com dor; alguma pena, é possível, e um pouco de recordação. Desta vez sentia-me tomado por ganchos de ferro. Maria Cora era toda vida; parece que, ao pé dela, as próprias cadeiras andavam e as figuras do tapete moviam os olhos. Põe nisso uma forte dose de meiguice e graça; finalmente, a ternura da tia fazia daquela criatura um anjo. É banal a comparação, mas não tenho outra.

Resolvi cortar o mal pela raiz, não tornando ao Engenho Velho, e assim fiz por alguns dias largos, duas ou três semanas. Busquei distrair-me e esquecê-la, mas foi em vão. Comecei a sentir a ausência como de um bem querido; apesar disso, resisti e não tornei logo. Mas, crescendo a ausência, cresceu o mal, e enfim resolvi tornar lá uma noite. Ainda assim pode ser que não fosse, a não achar Maria Cora na mesma oficina da rua da Quitanda, aonde eu fora acertar o relógio parado.

— É freguês também? perguntou-me ao entrar.

— Sou.

— Vim acertar o meu. Mas, por que não tem aparecido?

— É verdade, por que não voltou lá a casa? completou a tia.

— Uns negócios, murmurei; mas, hoje mesmo contava ir lá.

— Hoje não; vá amanhã, disse a sobrinha. Hoje vamos passar a noite fora.

Pareceu-me ler naquela palavra um convite a amá-la de vez, assim como a primeira trouxera um tom que presumi ser de saudade. Realmente, no dia seguinte, fui ao Engenho Velho. Maria Cora acolheu-me com a mesma boa vontade de antes. O poeta lá estava e contou-me em verso os suspiros que a tia dera por mim. Entrei a frequentá-las novamente e resolvi declarar tudo.

Já acima disse que ela provavelmente percebera ou adivinhara o que eu sentia, como todas as mulheres; referi-me aos primeiros dias. Desta vez com certeza percebeu, nem por isso me repeliu. Ao contrário, parecia gostar de se ver querida, muito e bem.

Pouco depois daquela noite escrevi-lhe uma carta e fui ao Engenho Velho. Achei-a um pouco retraída; a tia explicou-me que recebera notícias do Rio Grande que a afligiram. Não liguei isto ao casamento, e busquei alegrá-la; apenas consegui vê-la cortês. Antes de sair, perto da varanda, entreguei-lhe a carta; ia a dizer-lhe: "Peço-lhe que leia", mas a voz não saiu. Vi-a um pouco atrapalhada, e para evitar dizer o que melhor ia escrito, cumprimentei-a e enfiei pelo jardim. Pode imaginar-se a noite que passei, e o dia seguinte foi naturalmente igual, à medida que a outra noite vinha. Pois, ainda assim, não tornei à casa dela; resolvi esperar três ou quatro dias, não que ela me escrevesse logo, mas que pensasse nos termos da resposta. Que estes haviam de ser simpáticos, era certeza minha; as maneiras dela, nos últimos tempos, eram mais que afáveis, pareciam-me convidativas.

Não cheguei, porém, aos quatro dias; mal pude esperar três. Na noite do terceiro fui ao Engenho Velho. Se disser que entrei trêmulo da primeira comoção, não minto. Achei-a ao piano, tocando para o poeta ouvir; a tia, na poltrona, pensava em não sei quê, mas eu quase não a vi, tal a minha primeira alucinação.

— Entre, Sr. Correia, disse esta; não caia em cima de mim.

— Perdão...

Maria Cora não interrompeu a música; ao ver-me chegar, disse:

— Desculpe, se lhe não dou a mão, estou aqui servindo de musa a este senhor.

Minutos depois, veio a mim, e estendeu-me a mão com tanta galhardia, que li nela a resposta, e estive quase a dar-lhe um agradecimento. Passaram-se alguns minutos, quinze ou vinte. Ao fim desse tempo, ela pretextou um livro, que estava em cima das músicas, e pediu-me para dizer se o conhecia; fomos ali ambos, e ela abriu-mo; entre as duas folhas estava um papel.

— Na outra noite, quando aqui esteve, deu-me esta carta; não podia dizer-me o que tem dentro?

— Não adivinha?

— Posso errar na adivinhação.

— É isso mesmo.

— Bem, mas eu sou uma senhora casada, e nem por estar separada do meu marido deixo de estar casada.

O senhor ama-me, não é? Suponha, pelo melhor, que eu também o amo; nem por isso deixo de estar casada.

Dizendo isto, entregou-me a carta; não fora aberta. Se estivéssemos sós, é possível que eu lha lesse, mas a presença de estranhos impedia-me este recurso. Demais, era desnecessário; a resposta de Maria Cora era definitiva ou me pareceu tal. Peguei na carta, e antes de a guardar comigo:

— Não quer então ler?

— Não.

— Nem para ver os termos?

— Não.

— Imagine que lhe proponho ir combater contra seu marido, matá-lo e voltar, disse eu cada vez mais tonto.

— Propõe isto?

— Imagine.

— Não creio que ninguém me ame com tal força, concluiu sorrindo. Olhe, que estão reparando em nós.

Dizendo isto, separou-se de mim, e foi ter com a tia e o poeta. Eu fiquei ainda alguns segundos com o livro na mão, como se deveras o examinasse, e afinal deixei-o. Vim sentar-me defronte dela. Os três conversavam de cousas do Rio Grande, de combates entre federalistas e legalistas, e da vária sorte deles. O que eu então senti não se escreve; pelo menos, não o escrevo eu, que não sou romancista. Foi uma espécie de vertigem, um delírio, uma cena pavorosa e lúcida, um combate e uma glória. Imaginei-me no campo, entre uns e outros, combatendo os federalistas, e afinal matando João da Fonseca, voltando e casando-me com a viúva. Maria Cora contribuía para esta visão sedutora; agora, que me recusara a carta, parecia-me mais bela que nunca, e a isto acrescia que se não mostrava zangada nem ofendida, tratava-me com igual carinho que antes, creio até que maior. Disto podia sair uma impressão dupla e contrária, — uma de aquiescência tácita, outra de indiferença, mas eu só via a primeira, e saí de lá completamente louco.

O que então resolvi foi realmente de louco. As palavras de Maria Cora: "Não creio que ninguém me ame com tal força" — soavam-me aos ouvidos, como um desafio. Pensei nelas toda a noite, e no dia seguinte fui ao Engenho Velho; logo que tive ocasião de jurar-lhe a prova, fi-lo.

— Deixo tudo o que me interessa, a começar pela paz, com o único fim de lhe mostrar que a amo, e a quero só e santamente para mim. Vou combater a revolta.

Maria Cora fez um gesto de deslumbramento. Daquela vez percebi que realmente gostava de mim, verdadeira paixão, e se fosse viúva, não casava com outro. Jurei novamente que ia para o Sul. Ela comovida, estendeu-me a mão. Estávamos em pleno romantismo. Quando eu nasci, os meus não acreditavam em outras provas de amor, e minha mãe contava-me os romances em versos de cavaleiros andantes que iam à Terra Santa libertar o sepulcro de Cristo por amor da fé e da sua dama. Estávamos em pleno romantismo.

V

Fui para o Sul. Os combates entre legalistas e revolucionários eram contínuos e sangrentos, e a notícia deles contribuiu a animar-me. Entretanto, como nenhuma paixão política me levava a entrar na luta, força é confessar que por um instante me senti abatido e hesitei. Não era medo da morte, podia ser amor da vida, que é um sinônimo; mas, uma ou outra cousa, não foi tal nem tamanha que fizesse durar por muito tempo a hesitação. Na cidade do Rio Grande encontrei um amigo, a quem eu por carta do Rio de Janeiro dissera muito reservadamente que ia lá por motivos políticos. Quis saber quais.

— Naturalmente são reservados, respondi tentando sorrir.

— Bem; mas uma cousa creio que posso saber, uma só, porque não sei absolutamente o que pense a tal respeito, nada havendo antes que me instrua. De que lado estás, legalistas ou revoltosos?

— É boa! Se não fosse dos legalistas, não te mandaria dizer nada; viria às escondidas.

— Vens com alguma comissão secreta do marechal?
— Não.

Não me arrancou então mais nada, mas eu não pude deixar de lhe confiar os meus projetos, ainda que sem os seus motivos. Quando ele soube que aqueles eram alistar-me entre os voluntários que combatiam a revolução, não pôde crer em mim, e talvez desconfiasse que efetivamente eu levava algum plano secreto do presidente. Nunca da minha parte ouviu nada que pudesse explicar semelhante passo. Entretanto, não perdeu tempo em despersuadir-me; pessoalmente era legalista e falava dos adversários com ódio e furor. Passado o espanto, aceitou o meu ato, tanto mais nobre quanto não era inspirado por sentimento de partido. Sobre isto disse-me muita palavra bela e heroica, própria a levantar o ânimo de quem já tivesse tendência para a luta. Eu não tinha nenhuma, fora das razões particulares; estas, porém, eram agora maiores. Justamente acabava de receber uma carta da tia de Maria Cora, dando-me notícias delas, e recomendações da sobrinha, tudo com alguma generalidade e certa simpatia verdadeira.

Fui a Porto Alegre, alistei-me e marchei para a campanha. Não disse a meu respeito nada que pudesse despertar a curiosidade de ninguém, mas era difícil encobrir a minha condição, a minha origem, a minha viagem com o plano de ir combater a revolução. Fez-se logo uma lenda a meu respeito. Eu era um republicano antigo, riquíssimo, entusiasta, disposto a dar pela República mil vidas, se as tivesse, e resoluto a não poupar a única. Deixei dizer isto e o mais, e fui. Como eu indagasse das forças revolucionárias com que estaria João da Fonseca, alguém quis ver nisto uma razão de ódio pessoal; também não faltou quem me supusesse espião dos rebeldes, que ia pôr-me em comunicação secreta com aquele. Pessoas que sabiam das relações dele com a Prazeres, imaginavam que era um antigo amante desta que se queria vingar dos amores dele. Todas aquelas suposições morreram, para só ficar a do meu entusiasmo político; a da minha espionagem ia-me prejudicando; felizmente, não passou de duas cabeças e de uma noite.

Levava comigo um retrato de Maria Cora; alcançara-o dela mesma, uma noite, pouco antes do meu embarque, com uma pequena dedicatória cerimoniosa. Já disse que estava em pleno romantismo; dado o primeiro passo, os outros vieram de si mesmos. E agora juntai a isto o amor-próprio, e compreendereis que de simples cidadão indiferente da capital saísse um guerreiro áspero da campanha rio-grandense.

Nem por isso conto combates, nem escrevo para falar da revolução, que não teve nada comigo, por si mesma, senão pela ocasião que me dava, e por algum golpe que lhe desfechei na estreita área da minha ação. João da Fonseca era o meu rebelde. Depois de haver tomado parte no combate de Sarandi e Coxilha Negra, ouvi que o marido de Maria Cora fora morto, não sei em que recontro; mais tarde deram-me a notícia de estar com as forças de Gumercindo, e também que fora feito prisioneiro e seguira para Porto Alegre; mas ainda isto não era verdade. Disperso, com dois camaradas, encontrei um dia um regimento legal que ia em defesa da Encruzilhada, investida ultimamente por uma força dos federalistas; apresentei-me ao comandante e segui. Aí soube que João da Fonseca estava entre essa força; deram-me todos os sinais dele, contaram-me a história dos amores e a separação da mulher.

A ideia de matá-lo no turbilhão de um combate tinha algo fantástico; nem eu sabia se tais duelos eram possíveis em semelhantes ocasiões, quando a força de cada homem tem de somar com a de toda uma força única e obediente a uma só direção. Também me pareceu, mais de uma vez, que ia cometer um crime pessoal, e a sensação que isto me dava, podeis crer que não era leve nem doce; mas a figura de Maria Cora abraçava-me e absolvia com uma bênção de felicidades. Atirei-me de vez. Não conhecia João da Fonseca; além dos sinais que me haviam dado, tinha de memória um retrato dele que vira no Engenho Velho; se as feições não estivessem mudadas, era provável que eu o reconhecesse entre muitos. Mas, ainda uma vez, seria este encontro possível? Os combates em que eu entrara, já me faziam desconfiar que não era fácil, ao menos.

Não foi fácil nem breve. No combate da Encruzilhada creio que me houve com a necessária intrepidez e disciplina, e devo aqui notar que eu me ia acostumando à vida da guerra civil. Os ódios que ouvia, eram forças reais. De um lado e outro batiam-se com ardor, e a paixão que eu sentia nos meus ia-se pegando em mim. Já lera o meu nome em uma ordem do dia, e de viva voz recebera louvores, que comigo não pude deixar de achar justos, e ainda agora tais os declaro. Mas vamos ao principal, que é acabar com isto.

Naquele combate achei-me um tanto como o herói de Stendhal na batalha de Waterloo; a diferença é que o espaço foi menor. Por isso, e também porque não me quero deter em cousas de recordação fácil, direi somente que tive ocasião de matar em pessoa a João da Fonseca. Verdade é que escapei de ser morto por ele. Ainda agora trago na testa a cicatriz que ele me deixou. O combate entre nós foi curto. Se não parecesse romanesco demais, eu diria que João da Fonseca adivinhara o motivo e previra o resultado da ação.

Poucos minutos depois da luta pessoal, a um canto da vila, João da Fonseca caiu prostrado. Quis ainda lutar, e certamente lutou um pouco; eu é que não consenti na desforra, que podia ser a minha derrota, se é que raciocinei; creio que não. Tudo o que fiz foi cego pelo sangue em que o deixara banhado, e surdo pelo clamor e tumulto de combate. Matava-se, gritava-se, vencia-se; em pouco ficamos senhores do campo.

Quando vi que João da Fonseca morrera deveras, voltei ao combate por instantes; a minha ebriedade cessara um pouco, e os motivos primários tornaram a dominar-me, como se fossem únicos. A figura de Maria Cora apareceu-me como um sorriso de aprovação e perdão; tudo foi rápido.

Haveis de ter lido que ali se apreenderam três ou quatro mulheres. Uma destas era a Prazeres. Quando, acabado tudo, a Prazeres viu o cadáver do amante, fez uma cena que me encheu de ódio e de inveja. Pegou em si e deitou-se a abraçá-lo; as lágrimas que verteu, as palavras que disse, fizeram rir a uns; a outros, se não enterneceram, deram algum sentimento de admiração. Eu, como digo, achei-me tomado de inveja e ódio, mas também esse duplo sentimento desapareceu para não ficar nem admiração; acabei rindo. Prazeres, depois de honrar com dor a morte do amante, ficou sendo a federalista que já era; não vestia farda, como dissera ao desafiar João da Fonseca, quis ser prisioneira com os rebeldes e seguir com eles.

É claro que não deixei logo as forças, bati-me ainda algumas vezes, mas a razão principal dominou, e abri mão das armas. Durante o tempo em que estive alistado, só escrevi duas cartas a Maria Cora, uma pouco depois de encetar aquela vida nova, — outra depois do combate da Encruzilhada; nesta não lhe contei nada do marido, nem da morte, nem sequer que o vira. Unicamente anunciei que era provável acabasse brevemente a guerra civil. Em nenhuma das duas fiz a menor alusão aos meus sentimentos nem ao motivo do meu ato; entretanto, para quem soubesse deles, a carta era significativa. Maria Cora só respondeu à primeira das cartas, com serenidade, mas não com isenção. Percebia-se, — ou percebia-o eu, — que, não prometendo nada, tudo agradecia, e, quando menos, admirava. Gratidão e admiração podiam encaminhá-la ao amor.

Ainda não disse, — e não sei como diga este ponto, — que na Encruzilhada, depois da morte de João da Fonseca, tentei degolá-lo; mas nem queria fazê-lo nem realmente o fiz. O meu objeto era ainda outro e romanesco. Perdoa-me tu, realista sincero, há nisto também um pouco de realidade, e foi o que pratiquei, de acordo com o estado da minha alma: o que fiz foi cortar-lhe um molho de cabelos. Era o recibo da morte que eu levaria à viúva.

VI

Quando voltei ao Rio de Janeiro, tinham já passado muitos meses do combate da Encruzilhada. O meu nome figurou não só em partes oficiais como em telegramas e correspondências, por mais que eu buscasse esquivar-me ao ruído e desaparecer na sombra. Recebi cartas de felicitações e de indagações. Não vim logo para o Rio de Janeiro, note-se; podia ter aqui alguma festa; preferi ficar em S. Paulo. Um dia, sem ser esperado, meti-me na estrada de ferro e entrei na cidade. Fui para a casa de pensão do Catete.

Não procurei logo Maria Cora. Pareceu-me até mais acertado que a notícia da minha vinda lhe chegasse pelos jornais. Não tinha pessoa que lhe falasse; vexava-me ir eu mesmo a alguma redação contar o meu regresso do Rio Grande; não era passageiro de mar, cujo nome viesse em lista nas folhas públicas. Passaram dous dias; no terceiro, abrindo uma destas, dei com o meu nome. Dizia-se ali que viera de S. Paulo e estivera nas lutas do Rio Grande, citavam-se os combates, tudo com adjetivos de louvor; enfim, que voltava à mesma pensão do Catete. Como eu só contara alguma cousa ao dono da casa, podia ser ele o autor das notas; disse-me que não. Entrei a receber visitas pessoais. Todas queriam saber tudo; eu pouco mais disse que nada.

Entre os cartões, recebi dous de Maria Cora e da tia, com palavras de boas-vindas. Não era preciso mais; restava-me ir agradecer-lhes, e dispus-me a isso; mas, no próprio dia em que resolvi ir ao Engenho Velho, tive uma sensação de... De quê? Expliquem, se podem, o acanhamento que me deu a lembrança do marido de Maria Cora, morto às minhas mãos. A sensação que ia ter diante dela tolheu-me inteiramente. Sabendo-se qual foi o móvel principal da minha ação militar, mal se compreende aquela hesitação; mas, se considerardes que, por mais que me defendesse do marido e o matasse para não morrer, ele era sempre o marido, terás entendido o mal-estar que me fez adiar a visita. Afinal, peguei em mim e fui à casa dela.

Maria Cora estava de luto. Recebeu-me com bondade, e repetiu-me, como a tia, as felicitações escritas. Falamos da guerra civil, dos costumes do Rio Grande, um pouco de política, e mais nada. Não se disse de João da Fonseca. Ao sair de lá, perguntei a mim mesmo se Maria Cora estaria disposta a casar comigo.

— Não me parece que recuse, embora não lhe ache maneiras especiais. Creio até que está menos afável que dantes... Terá mudado?

Pensei assim, vagamente. Atribuí a alteração ao estado moral da viuvez; era natural. E continuei a frequentá-la, disposto a deixar passar a primeira fase do luto para lhe pedir formalmente a mão. Não tinha que fazer declarações novas; ela sabia tudo. Continuou a receber-me bem. Nenhuma pergunta me fez sobre o marido, a tia também não, e da própria revolução não se falou mais. Pela minha parte, tornando à situação anterior, busquei não perder tempo, fiz-me pretendente com todas as maneiras do ofício. Um dia, perguntei-lhe se pensava em tornar ao Rio Grande.

— Por ora, não.

— Mas irá?

— É possível; não tenho plano nem prazo marcado; é possível.

Eu, depois de algum silêncio, durante o qual olhava interrogativamente para ela, acabei por inquirir se antes de ir, caso fosse, não alteraria nada em sua vida.

— A minha vida está tão alterada...

Não me entendera; foi o que supus. Tratei de me explicar melhor, e escrevi uma carta em que lhe lembrava a entrega e a recusa da primeira e lhe pedia francamente a mão. Entreguei a carta, dous dias depois, com estas palavras:

— Desta vez não recusará ler-me.

Não recusou, aceitou a carta. Foi à saída, à porta da sala. Creio até que lhe vi certa comoção de bom agouro. Não me respondeu por escrito, como esperei. Passados três dias, estava tão ansioso que resolvi ir ao Engenho Velho. Em caminho imaginei tudo: que me recusasse, que me aceitasse, que me adiasse, e já me contentava com a última hipótese, se não houvesse de ser a segunda. Não a achei em casa; tinha ido passar alguns dias na Tijuca. Saí de lá aborrecido. Pareceu-me que não queria absolutamente casar; mas então era mais simples dizê-lo ou escrevê-lo. Esta consideração trouxe-me esperanças novas.

Tinha ainda presentes as palavras que me dissera, quando me devolveu a primeira carta, e eu lhe falei da minha paixão: "Suponha que eu o amo; nem por isso deixo de ser uma senhora casada". Era claro que então gostava de mim, e agora mesmo não havia razão decisiva para crer o contrário, embora a aparência fosse um tanto fria. Ultimamente, entrei a crer que ainda gostava, um pouco por vaidade, um pouco por simpatia, e não sei se por gratidão também; tive alguns vestígios disso. Não obstante, não me deu resposta à segunda carta. Ao voltar da Tijuca, vinha menos expansiva, acaso mais triste. Tive eu mesmo de lhe falar na matéria; a resposta foi que, por ora, estava disposta a não casar.

— Mas um dia...? perguntei depois de algum silêncio.
— Estarei velha.
— Mas então... será muito tarde?
— Meu marido pode não estar morto.

Espantou-me esta objeção.

— Mas a senhora está de luto.
— Tal foi a notícia que li e me deram; pode não ser exata. Tenho visto desmentir outras que se reputavam certas.
— Quer certeza absoluta? perguntei. Eu posso dá-la.

Maria Cora empalideceu. Certeza. Certeza de quê? Queria que lhe contasse tudo, mas tudo. A situação era tão penosa para mim que não hesitei mais, e, depois de lhe dizer que era intenção minha não lhe contar nada, como não contara a ninguém, ia fazê-lo, unicamente para obedecer à intimação. E referi o combate, as suas fases todas, os riscos, as palavras, finalmente a morte de João da Fonseca. A ânsia com que me ouviu foi grande, e não menor o abatimento final. Ainda assim, dominou-se, e perguntou-me:

— Jura que me não está enganando?

— Para que a enganar? O que tenho feito é bastante para provar que sou sincero. Amanhã, trago-lhe outra prova, se é preciso mais alguma.

Levei-lhe os cabelos que cortara ao cadáver. Contei-lhe, — e confesso que o meu fim foi irritá-la contra a memória do defunto, — contei-lhe o desespero da Prazeres. Descrevi essa mulher e as suas lágrimas. Maria Cora ouviu-me com os olhos grandes e perdidos; estava ainda com ciúmes. Quando lhe mostrei os cabelos do marido, atirou-se a eles, recebeu-os, beijou-os, chorando, chorando, chorando... Entendi melhor sair e sair para sempre. Dias depois recebi a resposta à minha carta; recusava casar.

Na resposta havia uma palavra que é a única razão de escrever esta narrativa: "Compreende que eu não podia aceitar a mão do homem que, embora lealmente, matou meu marido". Comparei-a àquela outra que me dissera antes, quando eu me propunha sair a combate, matá-lo e voltar: "Não creio que ninguém me ame com tal força". E foi essa palavra que me levou à guerra. Maria Cora vive agora reclusa; de costume manda dizer uma missa por alma do marido, no aniversário do combate da Encruzilhada. Nunca mais a vi; e, cousa menos difícil, nunca mais esqueci dar corda ao relógio.

Marcha fúnebre

O deputado Cordovil não podia pregar olho uma noite de agosto de 186... Viera cedo do Cassino Fluminense, depois da retirada do imperador, e durante o baile não tivera o mínimo incômodo moral nem físico. Ao contrário, a noite foi excelente; tão excelente que um inimigo seu, que padecia do coração, faleceu antes das dez horas, e a notícia chegou ao Cassino pouco depois das onze.

Naturalmente concluis que ele ficou alegre com a morte do homem, espécie de vingança que os corações adversos e fracos tomam em falta de outra. Digo-te que concluis mal; não foi alegria, foi desabafo. A morte vinha de meses, era daquelas que não acabam mais, e moem, mordem, comem, trituram a pobre criatura humana. Cordovil sabia dos padecimentos do adversário. Alguns amigos, para o consolar de antigas injúrias, iam contar-lhe o que viam ou sabiam do enfermo, pregado a uma cadeira de braços, vivendo as noites horrivelmente, sem que as auroras lhe trouxessem esperanças, nem as tardes desenganos. Cordovil pagava-lhes com alguma palavra de compaixão, que o alvissareiro adotava, e repetia, e era mais sincera naquele que neste. Enfim acabara de padecer; daí o desabafo.

Este sentimento pegava com a piedade humana. Cordovil, salvo em política, não gostava do mal alheio. Quando rezava, ao levantar da cama: "Padre Nosso, que estás no céu, santificado seja o teu nome, venha a nós o teu reino, seja feita a tua vontade, assim na terra como no céu; o pão nosso de cada dia nos dá hoje; perdoa as nossas dívidas, como nós perdoamos aos nossos devedores..." não imitava um de seus amigos que rezava a mesma prece, sem todavia perdoar aos devedores, como dizia de língua; esse chegava a cobrar além do que eles lhe deviam, isto é, se ouvia maldizer de alguém, decorava tudo e mais alguma cousa, e ia repeti-lo a outra parte. No dia seguinte, porém, a bela oração de Jesus tornava a sair dos lábios da véspera com a mesma caridade de ofício.

Cordovil não ia nas águas desse amigo; perdoava deveras. Que entrasse no perdão um tantinho de preguiça, é possível, sem aliás ser evidente. Preguiça amamenta muita virtude. Sempre é alguma cousa minguar força à ação do mal. Não esqueça que o deputado só gostava do mal alheio em política, e o inimigo morto era inimigo pessoal. Quanto à causa da inimizade, não a sei eu, e o nome do homem acabou com a vida.

— Coitado! descansou, disse Cordovil.

Conversaram da longa doença do finado. Também falaram das várias mortes deste mundo, dizendo Cordovil que a todas preferia a de César, não por motivo do ferro, mas por inesperada e rápida.

— *Tu quoque?*[4] perguntou-lhe um colega rindo.

Ao que ele, apanhando a alusão, replicou:

— Eu, se tivesse um filho, quisera morrer às mãos dele. O parricídio, estando fora do comum, faria a tragédia mais trágica.

---

4. A expressão latina pode ser traduzida por "Tu também?", ou "Até tu?", e está associada à fala de Caio Júlio César, imperador romano, surpreso ao saber que até mesmo Bruto, de quem era muito próximo, participara do plano de seu assassinato. [HG]

Tudo foi assim alegre. Cordovil saiu do baile com sono, e foi cochilando no carro, apesar do mal calçado das ruas. Perto de casa, sentiu parar o carro e ouviu rumor de vozes. Era o caso de um defunto, que duas praças de polícia estavam levantando do chão.

— Assassinado? perguntou ele ao lacaio, que descera da almofada para saber o que era.

— Não sei, não, senhor.

— Pergunta o que é.

— Este moço sabe como foi, disse o lacaio, indicando um desconhecido, que falava a outros.

O moço aproximou-se da portinhola, antes que o deputado recusasse ouvi-lo. Referiu-lhe então em poucas palavras o acidente a que assistira.

— Vínhamos andando, ele adiante, eu atrás. Parece que assobiava uma polca. Indo a atravessar a rua para o lado do Mangue, vi que estacou o passo, a modo que torceu o corpo, não sei bem, e caiu sem sentidos. Um doutor, que chegou logo, descendo de um sobradinho, examinou o homem e disse que "morreu de repente". Foi-se juntando gente, a patrulha levou muito tempo a chegar. Agora pegou dele. Quer ver o defunto?

— Não, obrigado. Já se pode passar?

— Pode.

— Obrigado. Vamos, Domingos.

Domingos trepou à almofada, o cocheiro tocou os animais, e o carro seguiu até à rua de S. Cristóvão, onde morava Cordovil.

Antes de chegar a casa, Cordovil foi pensando na morte do desconhecido. Em si mesma, era boa; comparada à do inimigo pessoal, excelente. Ia a assobiar, cuidando sabe Deus em que delícia passada ou em que esperança futura; revivia o que vivera, ou antevia o que podia viver, senão quando, a morte pegou da delícia ou da esperança, e lá se foi o homem ao eterno repouso. Morreu sem dor, ou, se alguma teve, foi acaso brevíssima, como um relâmpago que deixa a escuridão mais escura.

Então pôs o caso em si. Se lhe tem acontecido no Cassino a morte do Aterrado? Não seria dançando; os seus quarenta anos não dançavam. Podia até dizer que ele só dançou até aos vinte. Não era dado a moças, tivera uma afeição única na vida, — aos vinte e cinco anos, casou e enviuvou ao cabo de cinco semanas para não casar mais. Não é que lhe faltassem noivas, — mormente depois de perder o avô, que lhe deixou duas fazendas. Vendeu-as ambas e passou a viver consigo, fez duas viagens à Europa, continuou a política e a sociedade. Ultimamente parecia enojado de uma e de outra, mas não tendo em que matar o tempo, não abriu mão delas. Chegou a ser ministro uma vez, creio que da marinha, não passou de sete meses. Nem a pasta lhe deu glória, nem a demissão desgosto. Não era ambicioso, e mais puxava para a quietação que para o movimento.

Mas se lhe tivesse sucedido morrer de repente no Cassino, ante uma valsa ou quadrilha, entre duas portas? Podia ser muito bem. Cordovil compôs de imaginação a cena, ele caído de bruços ou de costas, o prazer turbado, a dança interrompida... e daí podia ser que não; um pouco de espanto apenas, outro de susto, os homens animando as damas, a orquestra continuando por instantes a oposição do compasso e da confusão. Não faltariam braços que o levassem para um gabinete, já morto, totalmente morto.

— Tal qual a morte de César, ia dizendo consigo.

E logo emendou:

— Não, melhor que ela; sem ameaça, nem armas, nem sangue, uma simples queda e o fim. Não sentiria nada.

Cordovil deu consigo a rir ou a sorrir, alguma cousa que afastava o terror e deixava a sensação da liberdade. Em verdade, antes a morte assim que após longos dias ou longos meses e anos, como o adversário que perdera algumas horas antes. Nem era morrer; era um gesto de chapéu, que se perdia no ar com a própria mão e a alma que lhe dera movimento. Um cochilo e o sono eterno. Achava-lhe um só defeito, — o aparato. Essa morte no meio de um baile, defronte do imperador, ao som de Strauss, contada, pintada, enfeitada nas folhas públicas, essa morte pareceria de encomenda. Paciência, uma vez que fosse repentina.

Também pensou que podia ser na Câmara, no dia seguinte, ao começar o debate do orçamento. Tinha a palavra; já andava cheio de algarismos e citações. Não quis imaginar o caso, não valia a pena; mas o caso teimou e apareceu de si mesmo. O salão da Câmara, em vez do do Cassino, sem damas ou com poucas, nas tribunas. Vasto silêncio. Cordovil em pé começaria o discurso, depois de circular os olhos pela casa, fitar o ministro e fitar o presidente: "Releve-me a Câmara que lhe tome algum tempo, serei breve, buscarei ser justo...". Aqui uma nuvem lhe taparia os olhos, a língua pararia, o coração também, e ele cairia de golpe no chão. Câmara, galerias, tribunas ficariam assombradas. Muitos deputados correriam a erguê-lo; um, que era médico, verificaria a morte; não diria que fora de repente, como o do sobradinho do Aterrado, mas por outro estilo mais técnico. Os trabalhos seriam suspensos, depois de algumas palavras do presidente e escolha da comissão que acompanharia o finado ao cemitério...

Cordovil quis rir da circunstância de imaginar além da morte, o movimento e o saimento, as próprias notícias dos jornais, que ele leu de cor e depressa. Quis rir, mas preferia cochilar; os olhos é que, estando já perto de casa e da cama, não quiseram desperdiçar o sono, e ficaram arregalados.

Então a morte, que ele imaginara pudesse ter sido no baile, antes de sair, ou no dia seguinte em plena sessão da Câmara, apareceu ali mesmo no carro. Supôs ele que, ao abrirem-lhe a portinhola, dessem com o seu cadáver. Sairia assim de uma noite ruidosa para outra pacífica, sem conversas, nem danças, nem encontros, sem espécie alguma de luta ou resistência. O estremeção que teve fez-lhe ver que não era verdade. Efetivamente, o carro entrou na chácara, estacou, e Domingos saltou da almofada para vir abrir-lhe a portinhola. Cordovil desceu com as pernas e a alma vivas, e entrou pela porta lateral, onde o aguardava com um castiçal e vela acesa o escravo Florindo. Subiu a escada, e os pés sentiam que os degraus eram deste mundo; se fossem do outro, desceriam naturalmente. Em cima, ao entrar no quarto, olhou para a cama; era a mesma dos sonos quietos e demorados.

— Veio alguém?

— Não, senhor, respondeu o escravo distraído, mas corrigiu logo: Veio, sim, senhor; veio aquele doutor que almoçou com meu senhor domingo passado.

— Queria alguma cousa?

— Disse que vinha dar a meu senhor uma boa notícia, e deixou este bilhete — que eu botei ao pé da cama.

O bilhete referia a morte do inimigo; era de um dos amigos que usavam contar-lhe a marcha da moléstia. Quis ser o primeiro a anunciar o desenlace, um alegrão, com um abraço apertado. Enfim, morrera o patife. Não disse a cousa assim por esses termos claros, mas os que empregou vinham a dar neles, acrescendo que não atribuiu esse único objeto à visita. Vinha passar a noite; só ali soube que Cordovil fora ao Cassino. Ia a sair, quando lhe lembrou a morte e pediu ao Florindo que lhe deixasse escrever duas linhas. Cordovil entendeu o significado, e ainda uma vez lhe doeu a agonia do outro. Fez um gesto de melancolia e exclamou a meia-voz:

— Coitado! Vivam as mortes súbitas!

Florindo, se referisse o gesto e a frase ao doutor do bilhete, talvez o fizesse arrepender da canseira. Nem pensou nisso; ajudou o senhor a preparar-se para dormir, ouviu as últimas ordens e despediu-se. Cordovil deitou-se.

— Ah! suspirou ele estirando o corpo cansado.

Teve então uma ideia, a de amanhecer morto. Esta hipótese, a melhor de todas, porque o apanharia meio morto, trouxe consigo mil fantasias que lhe arredaram o sono dos olhos. Em parte, era a repetição das outras, a participação à Câmara, as palavras do presidente, comissão para o saimento, e o resto. Ouviu lástimas de amigos e de fâmulos, viu notícias impressas, todas lisonjeiras ou justas. Chegou a desconfiar que era já sonho. Não era. Chamou-se ao quarto, à cama, a si mesmo: estava acordado.

A lamparina deu melhor corpo à realidade. Cordovil espancou as ideias fúnebres e esperou que as alegres tomassem conta dele e dançassem até cansá-lo. Tentou vencer uma visão com outra. Fez até uma cousa engenhosa, convocou os cinco sentidos, porque a memória de todos eles era aguda e fresca; foi assim evocando lances e rasgos longamente extintos. Gestos, cenas de sociedade e de família, panoramas, repassou muita cousa vista, com o aspecto do tempo diverso e remoto. Deixara de comer acepipes que outra vez lhe sabiam, como se estivesse agora a mastigá-los. Os ouvidos escutavam passos leves e pesados, cantos joviais e tristes, e palavras de todos os feitios. O tato, o olfato, todos fizeram o seu ofício, durante um prazo que ele não calculou.

Cuidou de dormir e cerrou bem os olhos. Não pôde, nem do lado direito, nem do esquerdo, de costas nem de bruços. Ergueu-se e foi ao relógio; eram três horas. Insensivelmente levou-o à orelha a ver se estava parado; estava andando, dera-lhe corda. Sim, tinha tempo de dormir um bom sono; deitou-se, cobriu a cabeça para não ver a luz.

Ah! foi então que o sono tentou entrar, calado e surdo, todo cautelas, como seria a morte, se quisesse levá-lo de repente, para nunca mais. Cordovil cerrou os olhos com força, e fez mal, porque a força acentuou a vontade que tinha de dormir; cuidou de os afrouxar, e fez bem. O sono, que ia a recuar, tornou atrás, e veio estirar-se ao lado dele, passando-lhe aqueles braços leves e pesados, a um tempo, que tiram à pessoa todo movimento. Cordovil os sentia, e com os seus quis conchegá-los ainda mais... A imagem não é boa, mas não tenho outra à mão nem tempo de ir buscá-la. Digo só o resultado do gesto, que foi arredar o sono de si, tão aborrecido ficou este reformador de cansados.

— Que terá ele hoje contra mim? perguntaria o sono, se falasse.

Tu sabes que ele é mudo por essência. Quando parece que fala é o sonho que abre a boca à pessoa; ele não, ele é a pedra, e ainda a pedra fala, se lhe batem, como estão fazendo agora os calceteiros da minha rua. Cada pancada acorda na pedra um som, e a regularidade do gesto torna aquele som tão pontual que parece a alma de um relógio. Vozes de conversa ou de pregão, rodas de carro, passos de gente, uma janela batida pelo vento, nada dessas cousas que ora ouço, animava então a rua e a noite de Cordovil. Tudo era propício ao sono.

Cordovil ia finalmente dormir, quando a ideia de amanhecer morto apareceu outra vez. O sono recuou e fugiu. Esta alternativa durou muito tempo. Sempre que o sono ia a grudar-lhe os olhos, a lembrança da morte os abria, até que ele sacudiu o lençol e saiu da cama. Abriu uma janela e encostou-se ao peitoril. O céu queria clarear, alguns vultos iam passando na rua, trabalhadores e mercadores que desciam para o centro da cidade. Cordovil sentiu um arrepio; não sabendo se era frio ou medo, foi vestir um camisão de chita, e voltou para a janela. Parece que era frio, porque não sentia mais nada.

A gente continuava a passar, o céu a clarear, e um assobio da estrada de ferro deu sinal de trem que ia partir. Homens e cousas vinham do descanso; o céu fazia economia de estrelas, apagando-as, à medida que o sol ia chegando para o seu ofício. Tudo dava ideia de vida. Naturalmente a ideia da morte foi recuando e desapareceu de todo, enquanto o nosso homem, que suspirou por ela no Cassino, que a desejou para o dia seguinte na Câmara dos deputados, que a encarou no carro, voltou-lhe as costas quando a viu entrar com o sono, seu irmão mais velho, — ou mais moço, não sei.

Quando veio a falecer, muitos anos depois, pediu e teve a morte, não súbita, mas vagarosa, a morte de um vinho filtrado, que sai impuro de uma garrafa para entrar purificado em outra; a borra iria para o cemitério. Agora é que lhe via a filosofia; em ambas as garrafas era sempre o vinho que ia ficando, até passar inteiro e pingado para a segunda. Morte súbita não acabava de entender o que era.

Um capitão de voluntários

Indo a embarcar para a Europa, logo depois da proclamação da República, Simão de Castro fez inventário das cartas e apontamentos; rasgou tudo. Só lhe ficou a narração que ides ler; entregou-a a um amigo para imprimi-la quando ele estivesse barra fora. O amigo não cumpriu a recomendação por achar na história alguma cousa que podia ser penosa, e assim lho disse em carta. Simão respondeu que estava por tudo o que quisesse; não tendo vaidades literárias, pouco se lhe dava de vir ou não a público. Agora que os dous faleceram, e não há igual escrúpulo, dá-se o manuscrito ao prelo.

Éramos dous, elas duas. Os dous íamos ali por visita, costume, desfastio, e finalmente por amizade. Fiquei amigo do dono da casa, ele meu amigo. Às tardes, sobre o jantar, — jantava-se cedo em 1866, — ia ali fumar um charuto. O sol ainda entrava pela janela, donde se via um morro com casas em cima. A janela oposta dava para o mar. Não digo a rua nem o bairro; a cidade posso dizer que era o Rio de Janeiro. Ocultarei o nome do meu amigo; ponhamos uma letra, X... Ela, uma delas, chamava-se Maria.

Quando eu entrava, já ele estava na cadeira de balanço. Os móveis da sala eram poucos, os ornatos raros, tudo simples. X... estendia-me a mão larga e forte; eu ia sentar-me ao pé da janela, olho na sala, olho na rua. Maria, ou já estava ou vinha de dentro. Éramos nada um para o outro; ligava-nos unicamente a afeição de X... Conversávamos; eu saía para casa ou ia passear, eles ficavam e iam dormir. Algumas vezes jogávamos cartas, às noites, e, para o fim do tempo, era ali que eu passava a maior parte destas.

Tudo em X... me dominava. A figura primeiro. Ele robusto, eu franzino; a minha graça feminina, débil, desaparecia ao pé do garbo varonil dele, dos seus ombros largos, cadeiras largas, jarrete forte e o pé sólido que, andando, batia rijo no chão. Dai-me um bigode escasso e fino; vede nele as suíças longas, espessas e encaracoladas, e um dos seus gestos habituais, pensando ou escutando, era passar os dedos por elas, encaracolando-as sempre. Os olhos completavam a figura, não só por serem grandes e belos, mas porque riam mais e melhor que a boca. Depois da figura, a idade; X... era homem de quarenta anos, eu não passava dos vinte e quatro. Depois da idade, a vida; ele vivera muito, em outro meio, donde saíra a encafuar-se naquela casa, com aquela senhora; eu não vivera nada nem com pessoa alguma. Enfim, — e este rasgo é capital, — havia nele uma fibra castelhana, uma gota do sangue que circula nas páginas de Calderón, uma atitude moral que posso comparar, sem depressão nem riso, à do herói de Cervantes.

Como se tinham amado? Datava de longe. Maria contava já vinte e sete anos, e parecia haver recebido alguma educação. Ouvi que o primeiro encontro fora em um baile de máscaras, no antigo Teatro Provisório. Ela trajava uma saia curta, e dançava ao som de um pandeiro. Tinha os pés admiráveis, e foram eles ou o seu destino a causa do amor de X... Nunca lhe perguntei a origem da aliança; sei só que ela tinha uma filha, que estava no colégio e não vinha a casa; a mãe é que ia vê-la. Verdadeiramente as nossas relações eram respeitosas, e o respeito ia ao ponto de aceitar a situação sem a examinar.

Quando comecei a ir ali, não tinha ainda o emprego no banco. Só dous ou três meses depois é que entrei para este, e não interrompi as relações. Maria tocava piano; às vezes, ela e a amiga Raimunda conseguiam arrastar X... ao teatro; eu ia com eles. No fim, tomávamos chá em sala particular, e, uma ou outra vez, se havia lua, acabávamos a noite indo de carro a Botafogo.

A estas festas não ia Barreto, que só mais tarde começou a frequentar a casa. Entretanto, era bom companheiro, alegre e rumoroso. Uma noite, como saíssemos de lá, encaminhou a conversa para as duas mulheres, e convidou-me a namorá-las.

— Tu escolhes uma, Simão, eu outra.

Estremeci e parei.

— Ou antes, eu já escolhi, continuou ele; escolhi a Raimunda. Gosto muito da Raimunda. Tu, escolhe a outra.

— A Maria?

— Pois que outra há de ser?[a]

O alvoroço que me deu este tentador foi tal que não achei palavra de recusa, nem palavra nem gesto. Tudo me pareceu natural e necessário. Sim, concordei em escolher Maria; era mais velha que eu três anos, mas tinha a idade conveniente para ensinar-me a amar. Está dito, Maria. Deitamo-nos às duas conquistas com ardor e tenacidade. Barreto não tinha que vencer muito; a eleita dele não trazia amores, mas até pouco antes padecera de uns que rompera contra a vontade, indo o amante casar com uma moça de Minas. Depressa se deixou consolar. Barreto um dia, estando eu a almoçar, veio anunciar-me que recebera uma carta dela, e mostrou-ma.

— Estão entendidos?
— Estamos. E vocês?
— Eu não.
— Então quando?
— Deixa ver; eu te digo.

Naquele dia fiquei meio vexado. Com efeito, apesar da melhor vontade deste mundo, não me atrevia a dizer a Maria os meus sentimentos. Não suponhas que era nenhuma paixão. Não tinha paixão, mas curiosidade. Quando a via esbelta e fresca, toda calor e vida, sentia-me tomado de uma força nova e misteriosa; mas, por um lado, não amara nunca, e, por outro, Maria era a companheira de meu amigo. Digo isto, não para explicar escrúpulos, mas unicamente para fazer compreender o meu acanhamento. Viviam juntos desde alguns anos, um para o outro. X... tinha confiança em mim, confiança absoluta, comunicava-me os seus negócios, contava-me cousas da vida passada. Apesar da desproporção da idade, éramos como estudantes do mesmo ano.

Como entrasse a pensar mais constantemente em Maria, é provável que por algum gesto lhe houvesse descoberto o meu recente estado; certo é que, um dia, ao apertar-lhe a mão, senti que os dedos dela se demoravam mais entre os meus. Dous dias depois, indo ao correio, encontrei-a selando uma carta para a Bahia. Ainda não disse que era baiana? Era baiana. Ela é que me viu primeiro e me falou. Ajudei-lhe a pôr o selo e despedimo-nos. À porta ia a dizer alguma cousa, quando vi ante nós, parada, a figura de X...

— Vim trazer a carta para mamãe, apressou-se ela em dizer.

Despediu-se de nós e foi para casa; ele e eu tomamos outro rumo. X... aproveitou a ocasião para fazer muitos elogios de Maria. Sem entrar em minudências acerca da origem das relações, assegurou-me que fora uma grande paixão igual em ambos, e concluiu que tinha a vida feita.

— Já agora não me caso; vivo maritalmente com ela, morrerei com ela. Tenho só uma pena; é ser obrigado a viver separado de minha mãe. Minha mãe sabe, disse-me ele parando. E continuou andando: sabe, e até já me fez uma alusão muito vaga e remota, mas que eu percebi. Consta-me que não desaprova; sabe que Maria é séria e boa, e uma vez que eu seja feliz, não exige mais nada. O casamento não me daria mais que isto...

Disse muitas outras cousas, que eu fui ouvindo sem saber de mim; o coração batia-me rijo, e as pernas andavam frouxas. Não atinava com resposta idônea; alguma palavra que soltava, saía-me engasgada. Ao cabo de algum tempo, ele notou o meu estado e interpretou-o erradamente; supôs que as suas confidências me aborreciam, e disse-mo rindo. Contestei sério:

— Ao contrário, ouço com interesse, e trata-se de pessoa de toda a consideração e respeito.

Penso agora que cedia inconscientemente a uma necessidade de hipocrisia. A idade das paixões é confusa, e naquela situação não posso discernir bem os sentimentos e suas causas. Entretanto, não é fora de propósito que buscasse dissipar no ânimo de X... qualquer possível desconfiança. A verdade é que ele me ouviu agradecido. Os seus grandes olhos de criança envolveram-me todo, e quando nos despedimos, apertou-me a mão com energia. Creio até que lhe ouvi dizer: "Obrigado!".

Não me separei dele aterrado, nem ferido de remorsos prévios. A primeira impressão da confidência esvaiu-se, ficou só a confidência, e senti crescer-me o alvoroço da curiosidade. X... falara-me de Maria como de pessoa casta e conjugal; nenhuma alusão às suas prendas físicas, mas a minha idade dispensava qualquer referência direta. Agora, na rua, via de cor a figura da moça, os seus gestos igualmente lânguidos e robustos, e cada vez me sentia mais fora de mim. Em casa escrevi-lhe uma carta longa e difusa, que rasguei meia hora depois, e fui jantar. Sobre o jantar fui à casa de X...

Eram ave-marias. Ele estava na cadeira de balanço, eu sentei-me no lugar do costume, olho na sala, olho no morro. Maria apareceu tarde, depois das horas, e tão anojada que não tomou parte na conversação. Sentou-se e cochilou; depois tocou um pouco de piano e saiu da sala.

— Maria acordou hoje com a mania de colher donativos para a guerra, disse-me ele. Já lhe fiz notar que nem todos quererão parecer que... Você sabe... A posição dela... Felizmente, a ideia há de passar; tem dessas fantasias...

— E por que não?

— Ora, porque não! E depois, a guerra do Paraguai, não digo que não seja como todas as guerras, mas palavra, não me entusiasma. A princípio, sim, quando o López tomou o *Marquês de Olinda*, fiquei indignado; logo depois perdi a impressão, e agora, francamente, acho que tínhamos feito muito melhor se nos aliássemos ao López contra os argentinos.

— Eu não. Prefiro os argentinos.

— Também gosto deles, mas, no interesse da nossa gente, era melhor ficar com o López.

— Não; olhe, eu estive quase a alistar-me como voluntário da pátria.

— Eu, nem que me fizessem coronel, não me alistava.

Ele disse não sei que mais. Eu, como tinha a orelha afiada, à escuta dos pés de Maria, não respondi logo, nem claro, nem seguido; fui engrolando alguma palavra e sempre à escuta. Mas o diabo da moça não vinha; imaginei que estariam arrufados. Enfim, propus cartas, podíamos jogar uma partida de voltarete.

— Podemos, disse ele.

Passamos ao gabinete. X... pôs as cartas na mesa e foi chamar a amiga. Dali ouvi algumas frases sussurradas, mas só estas me chegaram claras:

— Vem! é só meia hora.

— Que maçada! Estou doente.

Maria apareceu no gabinete, bocejando. Disse-me que era só meia hora; tinha dormido mal, doía-lhe a cabeça e contava deitar-se cedo. Sentou-se enfastiada, e começamos a partida. Eu arrependia-me de haver rasgado a carta; lembravam-me alguns trechos dela, que diriam bem o meu estado, com o calor necessário a persuadi-la. Se a tenho conservado, entregava-lha agora; ela ia muita vez ao patamar da escada despedir-se de mim e fechar a cancela. Nessa ocasião podia dar-lha; era uma solução da minha crise.

Ao cabo de alguns minutos, X... levantou-se para ir buscar tabaco de uma caixa de folha de flandres, posta sobre a secretária. Maria fez então um gesto que não sei como diga nem pinte. Ergueu as cartas à altura dos olhos para os tapar, voltou-os para mim que lhe ficava à esquerda, e arregalou-os tanto e com tal fogo e atração, que não sei como não entrei por eles. Tudo foi rápido. Quando ele voltou fazendo um cigarro, Maria tinha as cartas embaixo dos olhos, abertas em leque, fitando-as como se calculasse. Eu devia estar trêmulo; não obstante, calculava também, com a diferença de não poder falar. Ela disse então com placidez uma das palavras do jogo, *passo* ou *licença*.

Jogamos cerca de uma hora. Maria, para o fim, cochilava literalmente, e foi o próprio X... que lhe disse que era melhor ir descansar. Despedi-me e passei ao corredor, onde tinha o chapéu e a bengala. Maria, à porta da sala, esperava que eu saísse e acompanhou-me até à cancela, para fechá-la. Antes que eu descesse, lançou-me um dos braços ao pescoço, chegou-me a si, colou-me os lábios nos lábios, onde eles me depositaram um beijo grande, rápido e surdo. Na mão senti alguma cousa.

— Boa noite, disse Maria fechando a cancela.

Não sei como não caí. Desci atordoado, com o beijo na boca, os olhos nos dela, e a mão apertando instintivamente um objeto. Cuidei de me pôr longe. Na primeira rua, corri a um lampião, para ver o que trazia. Era um cartão de loja de fazendas, um anúncio, com isto escrito nas costas, a lápis: "Espere-me amanhã, na ponte das barcas de Niterói, à uma hora da tarde".

O meu alvoroço foi tamanho que durante os primeiros minutos não soube absolutamente o que fiz. Em verdade, as emoções eram demasiado grandes e numerosas, e tão de perto seguidas que eu mal podia saber de mim. Andei até ao largo de S. Francisco de

Paula. Tornei a ler o cartão; arrepiei caminho, novamente parei, e uma patrulha que estava perto, talvez desconfiou dos meus gestos. Felizmente, a despeito da comoção, tinha fome e fui cear ao Hotel dos Príncipes. Não dormi antes da madrugada; às seis horas estava em pé. A manhã foi lenta como as agonias lentas. Dez minutos antes de uma hora cheguei à ponte; já lá achei Maria, envolvida numa capa, e com um véu azul no rosto. Ia sair uma barca, entramos nela.

O mar acolheu-nos bem. A hora era de poucos passageiros. Havia movimento de lanchas, de aves, e o céu luminoso parecia cantar a nossa primeira entrevista. O que dissemos foi tão de atropelo e confusão que não me ficou mais de meia dúzia de palavras, e delas nenhuma foi o nome de X... ou qualquer referência a ele. Sentíamos ambos que traíamos, eu o meu amigo, ela o seu amigo e protetor. Mas, ainda que o não sentíssemos, não é provável que falássemos dele, tão pouco era o tempo para o nosso infinito. Maria apareceu-me então como nunca a vi nem suspeitara, falando de mim e de si, com a ternura possível naquele lugar público, mas toda a possível, não menos. As nossas mãos colavam-se, os nossos olhos comiam-se, e os corações batiam provavelmente ao mesmo compasso rápido e rápido. Pelo menos foi a sensação com que me separei dela, após a viagem redonda a Niterói e S. Domingos. Convidei-a a desembarcar em ambos os pontos, mas recusou; na volta, lembrei-lhe que nos metêssemos numa caleça fechada: "Que ideia faria de mim?"[A] perguntou-me com um gesto de pudor que a transfigurou. E despedimo-nos com prazo dado, jurando-lhe que eu não deixaria de ir vê-los, à noite, como de costume.

Como eu não tomei da pena para narrar a minha felicidade, deixo a parte deliciosa da aventura, com as suas entrevistas, cartas e palavras, e mais os sonhos e esperanças, as infinitas saudades e os renascentes desejos. Tais aventuras são como os almanaques, que, com todas as suas mudanças, hão de trazer os mesmos dias e meses, com os seus eternos nomes e santos. O nosso almanaque apenas durou um trimestre, sem quartos minguantes nem ocasos de sol. Maria era um modelo de graças finas, toda vida, todo movimento. Era baiana, como disse, fora educada no Rio Grande do Sul, na campanha, perto da fronteira. Quando lhe falei do seu primeiro encontro com X... no Teatro Provisório, dançando ao som de um pandeiro, disse-me que era verdade, fora ali vestida à castelhana e de máscara; e, como eu lhe pedisse a mesma cousa, menos a máscara, ou um simples lundu nosso, respondeu-me como quem recusa um perigo:

— Você poderia ficar doudo.

— Mas X... não ficou doudo.

— Ainda hoje não está em seu juízo, replicou Maria rindo. Imagina que eu fazia isto só...

E em pé, num meneio rápido, deu uma volta ao corpo, que me fez ferver o sangue.

O trimestre acabou depressa, como os trimestres daquela casta. Maria faltou um dia à entrevista. Era tão pontual que fiquei tonto quando vi passar a hora. Cinco, dez, quinze minutos; depois vinte, depois trinta, depois quarenta... Não digo as vezes que andei de um lado para outro, na sala, no corredor, à espreita e à escuta, até que de todo passou a possibilidade de vir. Poupo a notícia do meu desespero, o tempo que rolei no chão, falando, gritando ou chorando. Quando cansei, escrevi-lhe uma longa carta; esperei que me escrevesse também, explicando a falta. Não mandei a carta, e à noite fui à casa deles.

Maria pôde explicar-me a falta pelo receio de ser vista e acompanhada por alguém que a perseguia desde algum tempo. Com efeito, havia-me já falado em não sei que vizinho que a cortejava com instância; uma vez disse-me que ele a seguira até à porta da minha casa. Acreditei na razão, e propus-lhe outro lugar de encontro, mas não lhe pareceu conveniente. Desta vez achou melhor suspendermos as nossas entrevistas, até fazer calar as suspeitas. Não sairia de casa. Não compreendi então que a principal verdade era ter cessado nela o ardor dos primeiros dias. Maria era outra, principalmente outra. E não podes imaginar o que vinha a ser essa bela criatura, que tinha em si o fogo e o gelo, e era mais quente e mais fria que ninguém.

Quando me entrou a convicção de que tudo estava acabado, resolvi não voltar lá, mas nem por isso perdia a esperança; era para mim questão de esforço. A imaginação, que torna presentes os dias passados, fazia-me crer facilmente na possibilidade de restaurar as primeiras semanas. Ao cabo de cinco dias, voltei; não podia viver sem ela.

X... recebeu-me com o seu grande riso infante, os olhos puros, a mão forte e sincera; perguntou a razão da minha ausência. Aleguei uma febrezinha, e, para explicar o enfadamento que eu não podia vencer, disse que ainda me doía a cabeça. Maria compreendeu tudo; nem por isso se mostrou meiga ou compassiva, e, à minha saída, não foi até ao corredor, como de costume.

Tudo isto dobrou a minha angústia. A ideia de morrer entrou a passar-me pela cabeça; e, por uma simetria romântica, pensei em meter-me na barca de Niterói, que primeiro acolheu os nossos amores, e, no meio da baía, atirar-me ao mar. Não iniciei tal plano nem outro. Tendo encontrado casualmente o meu amigo Barreto, não vacilei em lhe dizer tudo; precisava de alguém para falar comigo mesmo. No fim pedi-lhe segredo; devia pedir-lhe que especialmente não contasse nada a Raimunda. Nessa mesma noite ela soube tudo. Raimunda era um espírito aventureiro, amigo de entrepresas e novidades. Não se lhe dava, talvez, de mim nem da outra, mas viu naquilo um lance, uma ocupação, e cuidou em reconciliar-nos; foi o que eu soube depois, e é o que dá lugar a este papel.

Falou-lhe uma e mais vezes. Maria quis negar a princípio, acabou confessando tudo, dizendo-se arrependida da cabeçada que dera. Usaria provavelmente de circunlóquios e sinônimos, frases vagas e truncadas, alguma vez empregaria só gestos. O texto que aí fica é o da própria Raimunda, que me mandou chamar à casa dela e me referiu todos os seus esforços, contente de si mesma.

— Mas não perca as esperanças, concluiu; eu disse-lhe que o senhor era capaz de matar-se.

— E sou.

— Pois não se mate por ora; espere.

No dia seguinte vi nos jornais uma lista de cidadãos que, na véspera, tinham ido ao quartel-general apresentar-se como voluntários da pátria, e nela o nome de X..., com o posto de capitão. Não acreditei logo; mas eram os mesmos, na mesma ordem, e uma das folhas fazia referências à família de X..., ao pai, que fora oficial de marinha, e à figura esbelta e varonil do novo capitão; era ele mesmo.

A minha primeira impressão foi de prazer; íamos ficar sós. Ela não iria de vivandeira para o Sul. Depois, lembrou-me o que ele me disse acerca da guerra, e achei estranho o seu alistamento de voluntário, ainda que o amor dos atos generosos e a nota cavalheiresca do espírito de X... pudessem explicá-lo. Nem de coronel iria, disse-me, e agora aceitava o posto de capitão. Enfim, Maria; como é que ele, que tanto lhe queria, ia separar-se dela repentinamente, sem paixão forte que o levasse à guerra?

Havia três semanas que eu não ia à casa deles. A notícia do alistamento justificava a minha visita imediata e dispensava-me de explicações. Almocei e fui. Compus um rosto ajustado à situação e entrei. X... veio à sala, depois de alguns minutos de espera. A cara desdizia das palavras; estas queriam ser alegres e leves, aquela era fechada e torva, além de pálida. Estendeu-me a mão, dizendo:

— Então, vem ver o capitão de voluntários?

— Venho ouvir o desmentido.

— Que desmentido? É pura verdade. Não sei como isto foi, creio que as últimas notícias... Você por que não vem comigo?

— Mas então é verdade?

— É.

Após alguns instantes de silêncio, meio sincero, por não saber realmente que dissesse, meio calculado, para persuadi-lo da minha consternação, murmurei que era melhor não ir, e falei-lhe na mãe. X... respondeu-me que a mãe aprovava; era viúva de militar. Fazia esforços para sorrir, mas a cara continuava a ser de pedra. Os olhos buscavam desviar-se, e geralmente não fitavam bem nem longo. Não conversamos muito; ele ergueu-se, alegando que ia liquidar um negócio, e pediu-me que voltasse a vê-lo. À porta, disse-me com algum esforço:

— Venha jantar um dia destes, antes da minha partida.
— Sim.
— Olhe, venha jantar amanhã.
— Amanhã?
— Ou hoje, se quiser.
— Amanhã.

Quis deixar lembranças a Maria; era natural e necessário, mas faltou-me o ânimo. Embaixo arrependi-me de o não ter feito. Recapitulei a conversação, achei-me atado e incerto; ele pareceu-me, além de frio, sobranceiro. Vagamente, senti alguma cousa mais. O seu aperto de mão tanto à entrada, como à saída, não me dera a sensação do costume.

Na noite desse dia, Barreto veio ter comigo, atordoado com a notícia da manhã, e perguntando-me o que sabia; disse-lhe que nada. Contei-lhe a minha visita da manhã, a nossa conversação, sem as minhas suspeitas.

— Pode ser engano, disse ele, depois de um instante.
— Engano?
— Raimunda contou-me hoje que falara a Maria, que esta negara tudo a princípio, depois confessara, e recusara reatar as relações com você.
— Já sei.
— Sim, mas parece que da terceira vez foram pressentidas e ouvidas por ele, que estava na saleta ao pé. Maria correu a contar a Raimunda que ele mudara

inteiramente; esta dispôs-se a sondá-lo, eu opus-me, até que li a notícia nos jornais. Vi-o na rua, andando: não tinha aquele gesto sereno de costume, mas o passo era forte.

Fiquei aturdido com a notícia, que confirmava a minha impressão. Nem por isso deixei de ir lá jantar no dia seguinte. Barreto quis ir também; percebi que era com o fim único de estar comigo, e recusei.

X... não dissera nada a Maria; achei-os na sala, e não me lembro de outra situação na vida em que me sentisse mais estranho a mim mesmo. Apertei-lhes a mão, sem olhar para ela. Creio que ela também desviou os olhos. Ele é que, com certeza, não nos observou; riscava um fósforo e acendia um cigarro. Ao jantar falou o mais naturalmente que pôde, ainda que frio. O rosto exprimia maior esforço que na véspera. Para explicar a possível alteração, disse-me que embarcaria no fim da semana, e que, à proporção que a hora ia chegando, sentia dificuldade em sair.

— Mas é só até fora da barra; lá fora torno a ser o que sou, e, na campanha, serei o que devo ser.

Usava dessas palavras rígidas, alguma vez enfáticas. Notei que Maria trazia os olhos pisados; soube depois que chorara muito e tivera grande luta com ele, na véspera, para que não embarcasse. Só conhecera a resolução pelos jornais, prova de alguma cousa mais particular que o patriotismo. Não falou à mesa, e a dor podia explicar o silêncio, sem nenhuma outra causa de constrangimento pessoal. Ao contrário, X... procurava falar muito, contava os batalhões, os oficiais novos, as probabilidades de vitória, e referia anedotas e boatos, sem curar de ligação. Às vezes, queria rir; para o fim, disse que naturalmente voltaria general, mas ficou tão carrancudo depois deste gracejo, que não tentou outro. O jantar acabou frio; fumamos, ele ainda quis falar da guerra, mas o assunto estava exausto. Antes de sair, convidei-o a ir jantar comigo.

— Não posso; todos os meus dias estão tomados.

— Venha almoçar.

— Também não posso. Faço uma cousa; na volta do Paraguai, o terceiro dia é seu.

Creio ainda hoje que o fim desta última frase era indicar que os dous primeiros dias seriam da mãe e de Maria; assim, qualquer suspeita que eu tivesse dos motivos secretos da resolução, devia dissipar-se. Nem bastou isso; disse-me que escolhesse uma prenda em lembrança, um livro, por exemplo. Preferi o seu último retrato, fotografado a pedido da mãe, com a farda de capitão de voluntários. Por dissimulação, quis que assinasse; ele prontamente escreveu: "Ao seu leal amigo Simão de Castro oferece o capitão de voluntários da pátria X...". O mármore do rosto era mais duro, o olhar mais torvo; passou os dedos pelo bigode, com um gesto convulso, e despedimo-nos.

No sábado embarcou. Deixou a Maria os recursos necessários para viver aqui, na Bahia, ou no Rio Grande do Sul; ela preferiu o Rio Grande, e partiu para lá, três semanas depois, a esperar que ele voltasse da guerra. Não a pude ver antes; fechara-me a porta, como já me havia fechado o rosto e o coração.

Antes de um ano, soube-se que ele morrera em combate, no qual se houve com mais denodo que perícia. Ouvi contar que primeiro perdera um braço, e que provavelmente a vergonha de ficar aleijado o fez atirar-se contra as armas inimigas, como quem queria acabar de vez. Esta versão podia ser exata, porque ele tinha desvanecimento das belas formas; mas a causa foi complexa. Também me contaram que Maria, voltando do Rio Grande, morreu em Curitiba; outros dizem que foi acabar em Montevidéu. A filha não passou dos quinze anos.

Eu cá fiquei entre os meus remorsos e saudades; depois, só remorsos; agora admiração apenas, uma admiração particular, que não é grande senão por me fazer sentir pequeno. Sim, eu não era capaz de praticar o que ele praticou. Nem efetivamente conheci ninguém que se parecesse com X... E por que teimar nesta letra? Chamemo-lo pelo nome que lhe deram na pia, Emílio, o meigo, o forte, o simples Emílio.

Suje-se gordo!

Uma noite, há muitos anos, passeava eu com um amigo no terraço do teatro de S. Pedro de Alcântara. Era entre o segundo e o terceiro ato da peça *A sentença ou o tribunal do júri*. Só me ficou o título, e foi justamente o título que nos levou a falar da instituição e de um fato que nunca mais me esqueceu.

— Fui sempre contrário ao júri, — disse-me aquele amigo, — não pela instituição em si, que é liberal, mas porque me repugna condenar alguém, e por aquele preceito do Evangelho: "Não queirais julgar para que não sejais julgados".[A] Não obstante, servi duas vezes. O tribunal era então no antigo Aljube, fim da rua dos Ourives, princípio da ladeira da Conceição.

Tal era o meu escrúpulo que, salvo dous, absolvi todos os réus. Com efeito, os crimes não me pareceram provados; um ou dous processos eram muito malfeitos. O primeiro réu que condenei, era um moço limpo, acusado de haver furtado certa quantia, não grande, antes pequena, com falsificação de um papel. Não negou o fato, nem podia fazê-lo, contestou que lhe coubesse a iniciativa ou inspiração do crime. Alguém, que não citava, foi que lhe lembrou esse modo de acudir a uma necessidade urgente; mas Deus, que via os corações, daria ao criminoso verdadeiro o merecido castigo. Disse isso sem ênfase, triste, a palavra surda, os olhos mortos, com tal palidez que metia pena; o promotor público achou nessa mesma cor do gesto a confissão do crime. Ao contrário, o defensor mostrou que o abatimento e a palidez significavam a lástima da inocência caluniada.

Poucas vezes terei assistido a debate tão brilhante. O discurso do promotor foi curto, mas forte, indignado, com um tom que parecia ódio, e não era. A defesa, além do talento do advogado, tinha a circunstância de ser a estreia dele na tribuna. Parentes, colegas e amigos esperavam o primeiro discurso do rapaz, e não perderam na espera. O discurso foi admirável, e teria salvo o réu, se ele pudesse ser salvo, mas o crime metia-se pelos olhos dentro. O advogado morreu dous anos depois, em 1865. Quem sabe o que se perdeu nele! Eu, acredite, quando vejo morrer um moço de talento, sinto mais que quando morre um velho... Mas vamos ao que ia contando. Houve réplica do promotor e tréplica do defensor. O presidente do tribunal resumiu os debates, e, lidos os quesitos, foram entregues ao presidente do conselho, que era eu.

Não digo o que se passou na sala secreta; além de ser secreto o que lá se passou, não interessa ao caso particular, que era melhor ficasse também calado, confesso. Contarei depressa; o terceiro ato não tarda.

Um dos jurados do conselho, cheio de corpo e ruivo, parecia mais que ninguém convencido do delito e do delinquente. O processo foi examinado, os quesitos lidos, e as respostas dadas (onze votos contra um); só o jurado ruivo estava inquieto. No fim, como os votos assegurassem a condenação, ficou satisfeito, disse que seria um ato de fraqueza, ou cousa pior, a absolvição que lhe déssemos. Um dos jurados, certamente o que votara pela negativa, — proferiu algumas palavras de defesa do moço. O ruivo, — chamava-se Lopes, — replicou com aborrecimento:

— Como, senhor? Mas o crime do réu está mais que provado.

— Deixemos de debate, disse eu, e todos concordaram comigo.

— Não estou debatendo, estou defendendo o meu voto, continuou Lopes. O crime está mais que provado. O sujeito nega, porque todo o réu nega, mas o certo é que ele cometeu a falsidade, e que falsidade! Tudo por uma miséria, duzentos mil-réis! Suje-se gordo! Quer sujar-se? Suje-se gordo!

"Suje-se gordo!" Confesso-lhe que fiquei de boca aberta, não que entendesse a frase, ao contrário; nem a entendi nem a achei limpa, e foi por isso mesmo que fiquei de boca aberta. Afinal caminhei e bati à porta, abriram-nos, fui à mesa do juiz, dei as respostas do conselho e o réu saiu condenado. O advogado apelou; se a sentença foi confirmada ou a apelação aceita, não sei; perdi o negócio de vista.

Quando saí do tribunal, vim pensando na frase do Lopes, e pareceu-me entendê-la. "Suje-se gordo!" era como se dissesse que o condenado era mais que ladrão, era um ladrão reles, um ladrão de nada. Achei esta explicação na esquina da rua de S. Pedro; vinha ainda pela dos Ourives. Cheguei a desandar um pouco, a ver se descobria o Lopes para lhe apertar a mão; nem sombra de Lopes. No dia seguinte, lendo nos jornais os nossos nomes, dei com o nome todo dele; não valia a pena procurá-lo, nem me ficou de cor. Assim são as páginas da vida, como dizia meu filho quando fazia versos, e acrescentava que as páginas vão passando umas sobre outras, esquecidas apenas lidas. Rimava assim, mas não me lembra a forma dos versos.

Em prosa disse-me ele, muito tempo depois, que eu não devia faltar ao júri, para o qual acabava de ser designado. Respondi-lhe que não compareceria, e citei o preceito evangélico; ele teimou, dizendo ser um dever de cidadão, um serviço gratuito, que ninguém que se prezasse podia negar ao seu país. Fui e julguei três processos.

Um destes era de um empregado do Banco do Trabalho Honrado, o caixa, acusado de um desvio de dinheiro. Ouvira falar no caso, que os jornais deram sem grande minúcia, e aliás eu lia pouco as notícias de crimes. O acusado apareceu e foi sentar-se no famoso banco dos réus. Era um homem magro e ruivo. Fitei-o bem, e estremeci; pareceu-me ver o meu colega daquele julgamento de anos antes. Não poderia reconhecê-lo logo por estar agora magro, mas era a mesma cor dos cabelos e das barbas, o mesmo ar, e por fim a mesma voz e o mesmo nome: Lopes.

— Como se chama? perguntou o presidente.

— Antônio do Carmo Ribeiro Lopes.

Já me não lembravam os três primeiros nomes, o quarto era o mesmo, e os outros sinais vieram confirmando as reminiscências; não me tardou reconhecer a pessoa exata daquele dia remoto. Digo-lhe aqui com verdade que todas essas circunstâncias me impediram de acompanhar atentamente o interrogatório, e muitas cousas me escaparam. Quando me dispus a ouvi-lo bem, estava quase no fim. Lopes negava com firmeza tudo o que lhe era perguntado, ou respondia de maneira que trazia uma complicação ao processo.

Circulava os olhos sem medo nem ansiedade; não sei até se com uma pontinha de riso nos cantos da boca.

Seguiu-se a leitura do processo. Era uma falsidade e um desvio de cento e dez contos de réis. Não lhe digo como se descobriu o crime nem o criminoso, por já ser tarde; a orquestra está afinando os instrumentos. O que lhe digo com certeza é que a leitura dos autos me impressionou muito, o inquérito, os documentos, a tentativa de fuga do caixa e uma série de circunstâncias agravantes; por fim o depoimento das testemunhas. Eu ouvia ler ou falar e olhava para o Lopes. Também ele ouvia, mas com o rosto alto, mirando o escrivão, o presidente, o teto e as pessoas que o iam julgar; entre elas eu. Quando olhou para mim, não me reconheceu; fitou-me algum tempo e sorriu, como fazia aos outros.

Todos esses gestos do homem serviram à acusação e à defesa, tal como serviram, tempos antes, os gestos contrários do outro acusado. O promotor achou neles a revelação clara do cinismo, o advogado mostrou que só a inocência e a certeza da absolvição podiam trazer aquela paz de espírito.

Enquanto os dous oradores falavam, vim pensando na fatalidade de estar ali, no mesmo banco do outro, este homem que votara a condenação dele, e naturalmente repeti comigo o texto evangélico: "Não queirais julgar, para que não sejais julgados". Confesso-lhe que mais de uma vez me senti frio. Não é que eu mesmo viesse a cometer algum desvio de dinheiro, mas podia, em ocasião de raiva, matar alguém ou ser caluniado de desfalque. Aquele que julgava outrora, era agora julgado também.

Ao pé da palavra bíblica lembrou-me de repente a do mesmo Lopes: "Suje-se gordo!". Não imagina o sacudimento que me deu esta lembrança. Evoquei tudo o que contei agora, o discursinho que lhe ouvi na sala secreta, até àquelas palavras: "Suje-se gordo!". Vi que não era um ladrão reles, um ladrão de nada, sim de grande valor. O verbo é que definia duramente a ação: "Suje-se gordo!". Queria dizer que o homem não se devia levar a um ato daquela espécie sem a grossura da soma. A ninguém cabia sujar-se por quatro patacas. Quer sujar-se? Suje-se gordo!

Ideias e palavras iam assim rolando na minha cabeça, sem eu dar pelo resumo dos debates que o presidente do tribunal fazia. Tinha acabado, leu os quesitos e recolhemo-nos à sala secreta. Posso dizer-lhe aqui em particular que votei afirmativamente, tão certo me pareceu o desvio dos cento e dez contos. Havia, entre outros documentos, uma carta de Lopes que fazia evidente o crime. Mas parece que nem todos leram com os mesmos olhos que eu. Votaram comigo dous jurados. Nove negaram a criminalidade do Lopes, a sentença de absolvição foi lavrada e lida, e o acusado saiu para a rua. A diferença da votação era tamanha que cheguei a duvidar comigo se teria acertado. Podia ser que não. Agora mesmo sinto uns repelões de consciência. Felizmente, se o Lopes não cometeu deveras o crime, não recebeu a pena do meu voto, e esta consideração acaba por me consolar do erro, mas os repelões voltam. O melhor de tudo é não julgar ninguém para não vir a ser julgado. Suje-se gordo! suje-se magro! suje-se como lhe parecer! o mais seguro é não julgar ninguém... Acabou a música, vamos para as nossas cadeiras.

Umas férias

****

Vieram dizer ao mestre-escola que alguém lhe queria falar.

— Quem é?

— Diz que meu senhor não o conhece, respondeu o preto.

— Que entre.

Houve um movimento geral de cabeças na direção da porta do corredor, por onde devia entrar a pessoa desconhecida. Éramos não sei quantos meninos na escola. Não tardou que aparecesse uma figura rude, tez queimada, cabelos compridos, sem sinal de pente, a roupa amarrotada, não me lembra bem a cor nem a fazenda, mas provavelmente era brim pardo. Todos ficaram esperando o que vinha dizer o homem, eu mais que ninguém, porque ele era meu tio, roceiro, morador em Guaratiba. Chamava-se tio Zeca.

Tio Zeca foi ao mestre e falou-lhe baixo. O mestre fê-lo sentar, olhou para mim, e creio que lhe perguntou alguma cousa, porque tio Zeca entrou a falar demorado, muito explicativo. O mestre insistiu, ele respondeu, até que o mestre, voltando-se para mim, disse alto:

— Sr. José Martins, pode sair.

A minha sensação de prazer foi tal que venceu a de espanto. Tinha dez anos apenas, gostava de folgar, não gostava de aprender. Um chamado de casa, o próprio tio, irmão de meu pai, que chegara na véspera de Guaratiba, era naturalmente alguma festa, passeio, qualquer cousa. Corri a buscar o chapéu, meti o livro de leitura no bolso e desci as escadas da escola, um sobradinho da rua do Senado. No corredor beijei a mão a tio Zeca. Na rua fui andando ao pé dele, amiudando os passos, e levantando a cara. Ele não me dizia nada, eu não me atrevia a nenhuma pergunta. Pouco depois chegávamos ao colégio de minha irmã Felícia; disse-me que esperasse, entrou, subiu, desceram, e fomos os três caminho de casa. A minha alegria agora era maior. Certamente havia festa em casa, pois que íamos os dous, ela e eu; íamos na frente, trocando as nossas perguntas e conjecturas. Talvez anos de tio Zeca. Voltei a cara para ele; vinha com os olhos no chão, provavelmente para não cair.

Fomos andando. Felícia era mais velha que eu um ano. Calçava sapato raso, atado ao peito do pé por duas fitas cruzadas, vindo acabar acima do tornozelo com laço. Eu, botins de cordovão, já gastos. As calcinhas dela pegavam com a fita dos sapatos, as minhas calças, largas, caíam sobre o peito do pé; eram de chita. Uma ou outra vez parávamos, ela para admirar as bonecas à porta dos armarinhos, eu para ver, à porta das vendas, algum papagaio que descia e subia pela corrente de ferro atada ao pé. Geralmente, era meu conhecido, mas papagaio não cansa em tal idade. Tio Zeca é que nos tirava do espetáculo industrial ou natural. Andem, dizia ele em voz sumida. E nós andávamos, até que outra curiosidade nos fazia deter o passo. Entretanto, o principal era a festa que nos esperava em casa.

— Não creio que sejam anos de tio Zeca, disse-me Felícia.

— Por quê?

— Parece meio triste.

— Triste, não, parece carrancudo.

— Ou carrancudo. Quem faz anos tem a cara alegre.

— Então serão anos de meu padrinho...

— Ou de minha madrinha...

— Mas por que é que mamãe nos mandou para a escola?

— Talvez não soubesse.

— Há de haver jantar grande...

— Com doce...

— Talvez dancemos.

Fizemos um acordo: podia ser festa, sem aniversário de ninguém. A sorte grande, por exemplo. Ocorreu-me também que podiam ser eleições. Meu padrinho era candidato a vereador; embora eu não soubesse bem o que era candidatura nem vereação, tanto ouvira falar em vitória próxima que a achei certa e ganha. Não sabia que a eleição era ao domingo, e o dia era sexta-feira. Imaginei bandas de música, vivas e palmas, e nós, meninos, pulando, rindo, comendo cocadas. Talvez houvesse espetáculo à noite; fiquei meio tonto. Tinha ido uma vez ao teatro, e voltei dormindo, mas no dia seguinte estava tão contente que morria por lá tornar, posto não houvesse entendido nada do que ouvira. Vira muita cousa, isso sim, cadeiras ricas, tronos, lanças compridas, cenas que mudavam à vista, passando de uma sala a um bosque, e do bosque a uma rua. Depois, os personagens, todos príncipes. Era assim que chamávamos aos que vestiam calção de seda, sapato de fivela ou botas, espada, capa de veludo, gorro com pluma. Também houve bailado. As bailarinas e os bailarinos falavam com os pés e as mãos, trocando de posição e um sorriso constante na boca. Depois os gritos do público e as palmas...

Já duas vezes escrevi palmas; é que as conhecia bem. Felícia, a quem comuniquei a possibilidade do espetáculo, não me pareceu gostar muito, mas também não recusou nada. Iria ao teatro. E quem sabe se não seria em casa, teatrinho de bonecos? Íamos nessas conjecturas, quando tio Zeca nos disse que esperássemos; tinha parado a conversar com um sujeito.

Paramos, à espera. A ideia da festa, qualquer que fosse, continuou a agitar-nos, mais a mim que a ela. Imaginei trinta mil cousas, sem acabar nenhuma, tão precipitadas vinham, e tão confusas que não as distinguia; pode ser até que se repetissem. Felícia chamou a minha atenção para dous moleques de carapuça encarnada, que passavam carregando canas, — o que nos lembrou as noites de Santo Antônio e S. João, já lá idas. Então falei-lhe das fogueiras do nosso quintal, das bichas que queimamos, das rodinhas, das pistolas e das danças com outros meninos. Se houvesse agora a mesma cousa... Ah! lembrou-me que era ocasião de deitar à fogueira o livro da escola, e o dela também, com os pontos de costura que estava aprendendo.

— Isso não, acudiu Felícia.
— Eu queimava o meu livro.
— Papai comprava outro.
— Enquanto comprasse, eu ficava brincando em casa; aprender é muito aborrecido.

Nisto estávamos, quando vimos tio Zeca e o desconhecido ao pé de nós. O desconhecido pegou-nos nos queixos e levantou-nos a cara para ele, fitou-nos com seriedade, deixou-nos e despediu-se.

— Nove horas? Lá estarei, disse ele.

— Vamos, disse-nos tio Zeca.

Quis perguntar-lhe quem era aquele homem, e até me pareceu conhecê-lo vagamente. Felícia também. Nenhum de nós acertava com a pessoa; mas a promessa de lá estar às nove horas dominou o resto. Era festa, algum baile, conquanto às nove horas costumássemos ir para a cama. Naturalmente, por exceção, estaríamos acordados. Como chegássemos a um rego de lama, peguei da mão de Felícia, e transpusemo-lo de um salto, tão violento que quase me caiu o livro. Olhei para tio Zeca, a ver o efeito do gesto; vi-o abanar a cabeça com reprovação. Ri, ela sorriu, e fomos pela calçada adiante.

Era o dia dos desconhecidos. Desta vez estavam em burros, e um dos dous era mulher. Vinham da roça. Tio Zeca foi ter com eles ao meio da rua, depois de dizer que esperássemos. Os animais pararam, creio que de si mesmos, por também conhecerem a tio Zeca, ideia que Felícia reprovou com o gesto, e que eu defendi rindo. Teria apenas meia convicção; tudo era folgar. Fosse como fosse, esperamos os dous, examinando o casal de roceiros. Eram ambos magros, a mulher mais que o marido, e também mais moça; ele tinha os cabelos grisalhos. Não ouvimos o que disseram, ele e tio Zeca; vimo-lo, sim, o marido olhar para nós com ar de curiosidade, e falar à mulher, que também nos deitou os olhos, agora com pena ou cousa parecida. Enfim apartaram-se, tio Zeca veio ter conosco e enfiamos para casa.

A casa ficava na rua próxima, perto da esquina. Ao dobrarmos esta, vimos os portais da casa forrados de preto, — o que nos encheu de espanto. Instintivamente paramos e voltamos a cabeça para tio Zeca. Este veio a nós, deu a mão a cada um e ia a dizer alguma palavra que lhe ficou na garganta; andou, levando-nos consigo. Quando chegamos, as portas estavam meio cerradas. Não sei se lhes disse que era um armarinho. Na rua, curiosos. Nas janelas fronteiras e laterais, cabeças aglomeradas. Houve certo rebuliço quando chegamos. É natural que eu tivesse a boca aberta, como Felícia. Tio Zeca empurrou uma das meias-portas, entramos os três, ele tornou a cerrá-la, meteu-se pelo corredor e fomos à sala de jantar e à alcova.

Dentro, ao pé da cama, estava minha mãe com a cabeça entre as mãos. Sabendo da nossa chegada, ergueu-se de salto, veio abraçar-nos entre lágrimas, bradando:

— Meus filhos, vosso pai morreu!

A comoção foi grande, por mais que o confuso e o vago entorpecessem a consciência da notícia. Não tive forças para andar, e teria medo de o fazer. Morto como? morto por quê? Estas duas perguntas, se as meto aqui, é para dar seguimento à ação; naquele momento não perguntei nada a mim nem a ninguém. Ouvia as palavras de minha mãe, que se repetiam em mim, e os seus soluços que eram grandes. Ela pegou em nós e arrastou-nos para a cama, onde jazia o cadáver do marido; e fez-nos beijar-lhe a mão. Tão longe estava eu daquilo que, apesar de tudo, não entendera nada a princípio; a tristeza e o silêncio das pessoas que rodeavam a cama, ajudaram a explicar que meu pai morrera deveras. Não se tratava de um dia santo, com a sua folga e recreio, não era festa, não eram as horas breves ou longas, para a gente desfiar em casa, arredada dos castigos da escola. Que essa queda de um sonho tão bonito fizesse crescer a minha dor de filho não é cousa que possa afirmar ou negar; melhor é calar. O pai ali estava defunto, sem pulos, nem danças, nem risadas, nem bandas de música, cousas todas também defuntas. Se me houvessem dito à saída da escola por que é que me iam lá buscar, é claro que a alegria não houvera penetrado o coração, donde era agora expelida a punhadas.

O enterro foi no dia seguinte às nove horas da manhã, e provavelmente lá estava aquele amigo de tio Zeca que se despediu na rua, com a promessa de ir às nove horas. Não vi as cerimônias; alguns vultos, poucos, vestidos de preto, lembra-me que vi. Meu padrinho, dono de um trapiche, lá estava, e a mulher também, que me levou a uma alcova dos fundos para me mostrar gravuras. Na ocasião da saída, ouvi os gritos de minha mãe, o rumor dos passos, algumas palavras abafadas de pessoas que pegavam nas alças do caixão, creio eu: "— vire de lado, — mais à esquerda, — assim, — segure bem...". Depois, ao longe, o coche andando e as seges atrás dele...

Lá iam meu pai e as férias! Um dia de folga sem folguedo! Não, não foi um dia, mas oito, oito dias de nojo, durante os quais alguma vez me lembrei do colégio. Minha mãe chorava, cosendo o luto, entre duas visitas de pêsames. Eu também chorava; não via meu pai às horas do costume, não lhe ouvia as palavras à mesa ou ao balcão, nem as carícias que dizia aos pássaros. Que ele era muito amigo de pássaros, e tinha três ou quatro, em gaiolas. Minha mãe vivia calada. Quase que só falava às pessoas de fora. Foi assim que eu soube que meu pai morrera de apoplexia. Ouvi esta notícia muitas vezes; as visitas perguntavam pela causa da morte, e ela referia tudo, a hora, o gesto, a ocasião: tinha ido beber água, e enchia um copo, à janela da área. Tudo decorei, à força de ouvi-lo contar.

Nem por isso os meninos do colégio deixavam de vir espiar para dentro da minha memória. Um deles chegou a perguntar-me quando é que eu voltaria.

— Sábado, meu filho, disse minha mãe, quando lhe repeti a pergunta imaginada; a missa é sexta-feira. Talvez seja melhor voltar na segunda.

— Antes sábado, emendei.

— Pois sim, concordou.

Não sorria; se pudesse, sorriria de gosto ao ver que eu queria voltar mais cedo à escola. Mas, sabendo que eu não gostava de aprender, como entenderia a emenda? Provavelmente, deu-lhe algum sentido superior, conselho do céu ou do marido. Em verdade, eu não folgava, se lerdes isto com o sentido de rir. Com o de descansar também não cabe, porque minha mãe fazia-me estudar, e, tanto como o estudo, aborrecia-me a atitude. Obrigado a estar sentado, com o livro nas mãos, a um canto ou à mesa, dava ao diabo o livro, a mesa e a cadeira. Usava um recurso que recomendo aos preguiçosos: deixava os olhos na página e abria a porta à imaginação. Corria a apanhar as flechas dos foguetes, a ouvir os realejos, a bailar com meninas, a cantar, a rir, a espancar de mentira ou de brincadeira, como for mais claro.

Uma vez, como desse por mim a andar na sala sem ler, minha mãe repreendeu-me, e eu respondi que estava pensando em meu pai. A explicação fê-la chorar, e, para dizer tudo, não era totalmente mentira; tinha-me lembrado o último presentinho que ele me dera, e entrei a vê-lo com o mimo na mão.

Felícia vivia tão triste como eu, mas confesso a minha verdade, a causa principal não era a mesma. Gostava de brincar, mas não sentia a ausência do brinco, não se lhe dava de acompanhar a mãe, coser com ela, e uma vez fui achá-la a enxugar-lhe os olhos. Meio vexado, pensei em imitá-la, e meti a mão no bolso para tirar o lenço. A mão entrou sem ternura, e, não achando lenço, saiu sem pesar. Creio que ao gesto não faltava só originalidade, mas sinceridade também.

Não me censurem. Sincero fui longos dias calados e reclusos. Quis uma vez ir para o armarinho, que se abriu depois do enterro, onde o caixeiro continuou a servir. Conversaria com este, assistiria à venda de linhas e agulhas, à medição de fitas, iria à porta, à calçada, à esquina da rua... Minha mãe sufocou este sonho pouco depois dele nascer. Mal chegara ao balcão, mandou-me buscar pela escrava; lá fui para o interior da casa e para o estudo. Arrepelei-me, apertei os dedos à guisa de quem quer dar murro; não me lembra se chorei de raiva.

O livro lembrou-me a escola, e a imagem da escola consolou-me. Já então lhe tinha grandes saudades. Via de longe as caras dos meninos, os nossos gestos de troça nos bancos, e os saltos à saída. Senti cair-me na cara uma daquelas bolinhas de papel com que nos espertávamos uns aos outros, e fiz a minha e atirei-a ao meu suposto espertador. A bolinha, como acontecia às vezes, foi cair na cabeça de terceiro, que se desforrou depressa. Alguns, mais tímidos, limitavam-se a fazer caretas. Não era folguedo franco, mas já me valia por ele. Aquele degredo que eu deixei tão alegremente com tio Zeca, parecia-me agora um céu remoto, e tinha medo de o perder. Nenhuma festa em casa, poucas palavras, raro movimento. Foi por esse tempo que eu desenhei a lápis maior número de gatos nas margens do livro de leitura; gatos e porcos. Não alegrava, mas distraía.

A missa do sétimo dia restituiu-me à rua; no sábado não fui à escola, fui à casa de meu padrinho, onde pude falar um pouco mais, e no domingo estive à porta da loja. Não era alegria completa. A total alegria foi segunda-feira, na escola. Entrei vestido de preto, fui mirado com curiosidade, mas tão outro ao pé dos meus condiscípulos, que me esqueceram as férias sem gosto, e achei uma grande alegria sem férias.

Evolução

****

Chamo-me Inácio; ele, Benedito. Não digo o resto dos nossos nomes por um sentimento de compostura, que toda a gente discreta apreciará. Inácio basta. Contentem-se com Benedito. Não é muito, mas é alguma cousa, e está com a filosofia de Julieta: "Que valem nomes? perguntava ela ao namorado. A rosa, como quer que se lhe chame, terá sempre o mesmo cheiro". Vamos ao cheiro do Benedito.

E desde logo assentemos que ele era o menos Romeu deste mundo. Tinha quarenta e cinco anos, quando o conheci; não declaro em que tempo, porque tudo neste conto há de ser misterioso e truncado. Quarenta e cinco anos, e muitos cabelos pretos; para os que o não eram, usava um processo químico, tão eficaz que não se lhe distinguiam os pretos dos outros — salvo ao levantar da cama; mas ao levantar da cama não aparecia a ninguém. Tudo mais era natural, pernas, braços, cabeça, olhos, roupa, sapatos, corrente do relógio e bengala. O próprio alfinete de diamante, que trazia na gravata, um dos mais lindos que tenho visto, era natural e legítimo; custou-lhe bom dinheiro; eu mesmo o vi comprar na casa do... lá me ia escapando o nome do joalheiro; — fiquemos na rua do Ouvidor.

Moralmente, era ele mesmo. Ninguém muda de caráter, e o do Benedito era bom, — ou para melhor dizer, pacato. Mas, intelectualmente, é que ele era menos original. Podemos compará-lo a uma hospedaria bem afreguesada, aonde iam ter ideias de toda parte e de toda sorte, que se sentavam à mesa com a família da casa. Às vezes, acontecia acharem-se ali duas pessoas inimigas, ou simplesmente antipáticas; ninguém brigava, o dono da casa impunha aos hóspedes a indulgência recíproca. Era assim que ele conseguia ajustar uma espécie de ateísmo vago com duas irmandades que fundou, não sei se na Gávea, na Tijuca ou no Engenho Velho. Usava assim, promiscuamente, a devoção, a irreligião e as meias de seda. Nunca lhe vi as meias, note-se; mas ele não tinha segredos para os amigos.

Conhecemo-nos em viagem para Vassouras. Tínhamos deixado o trem e entrado na diligência que nos ia levar da estação à cidade. Trocamos algumas palavras, e não tardou conversarmos francamente, ao sabor das circunstâncias que nos impunham a convivência, antes mesmo de saber quem éramos.

Naturalmente, o primeiro objeto foi o progresso que nos traziam as estradas de ferro. Benedito lembrava-se do tempo em que toda a jornada era feita às costas de burro. Contamos então algumas anedotas, falamos de alguns nomes, e ficamos de acordo em que as estradas de ferro eram uma condição de progresso do país. Quem nunca viajou não sabe o valor que tem uma dessas banalidades graves e sólidas para dissipar os tédios do caminho. O espírito areja-se, os próprios músculos recebem uma comunicação agradável, o sangue não salta, fica-se em paz com Deus e os homens.

— Não serão os nossos filhos que verão todo este país cortado de estradas, disse ele.
— Não, decerto. O senhor tem filhos?
— Nenhum.

— Nem eu. Não será ainda em cinquenta anos; e, entretanto, é a nossa primeira necessidade. Eu comparo o Brasil a uma criança que está engatinhando; só começará a andar quando tiver muitas estradas de ferro.

— Bonita ideia! exclamou Benedito faiscando-lhe os olhos.

— Importa-me pouco que seja bonita, contanto que seja justa.

— Bonita e justa, redarguiu ele com amabilidade. Sim, senhor, tem razão: — o Brasil está engatinhando; só começará a andar quando tiver muitas estradas de ferro.

Chegamos a Vassouras; eu fui para a casa do juiz municipal, camarada antigo; ele demorou-se um dia e seguiu para o interior. Oito dias depois voltei ao Rio de Janeiro, mas sozinho. Uma semana mais tarde, voltou ele; encontramo-nos no teatro, conversamos muito e trocamos notícias; Benedito acabou convidando-me a ir almoçar com ele no dia seguinte. Fui; deu-me um almoço de príncipe, bons charutos e palestra animada. Notei que a conversa dele fazia mais efeito no meio da viagem — arejando o espírito e deixando a gente em paz com Deus e os homens; mas devo dizer que o almoço pode ter prejudicado o resto. Realmente era magnífico; e seria impertinência histórica pôr a mesa de Lúculo na casa de Platão. Entre o café e o conhaque, disse-me ele, apoiando o cotovelo na borda da mesa, e olhando para o charuto que ardia:

— Na minha viagem agora, achei ocasião de ver como o senhor tem razão com aquela ideia do Brasil engatinhando.

— Ah?

— Sim, senhor; é justamente o que o *senhor dizia* na diligência de Vassouras. Só começaremos a andar quando tivermos muitas estradas de ferro. Não imagina como isso é verdade.

E referiu muita cousa, observações relativas aos costumes do interior, dificuldades da vida, atraso, concordando, porém, nos bons sentimentos da população e nas aspirações de progresso. Infelizmente, o governo não correspondia às necessidades da pátria; parecia até interessado em mantê-la atrás das outras nações americanas. Mas era indispensável que nos persuadíssemos de que os princípios são tudo e os homens nada. Não se fazem os povos para os governos, mas os governos para os povos; e *abyssus abyssum invocat*.[5] Depois foi mostrar-me outras salas. Eram todas alfaiadas com apuro. Mostrou-me as coleções de quadros, de moedas, de livros antigos, de selos, de armas; tinha espadas e floretes, mas confessou que não sabia esgrimir. Entre os quadros vi um lindo retrato de mulher; perguntei-lhe quem era. Benedito sorriu.

— Não irei adiante, disse eu sorrindo também.

— Não, não há que negar, acudiu ele; foi uma moça de quem gostei muito. Bonita, não? Não imagina a beleza que era. Os lábios eram mesmo de carmim e as faces de rosa; tinha os olhos negros, cor da noite. E que dentes! verdadeiras pérolas. Um mimo da natureza.

Em seguida, passamos ao gabinete. Era vasto, elegante, um pouco trivial, mas não lhe faltava nada. Tinha

5. A frase latina remete ao Salmo 41,8: "Um abismo chama outro abismo, à voz das tuas cataratas", em tradução da Bíblia por Antônio Pereira de Figueiredo, da qual havia exemplar da edição de 1866 na biblioteca de Machado de Assis. [HG]

duas estantes, cheias de livros muito bem encadernados, um mapa-múndi, dous mapas do Brasil. A secretária era de ébano, obra fina; sobre ela, casualmente aberto, um almanaque de Laemmert. O tinteiro era de cristal, — "cristal de rocha", disse-me ele, explicando o tinteiro, como explicava as outras cousas. Na sala contígua havia um órgão. Tocava órgão, e gostava muito de música, falou dela com entusiasmo, citando as óperas, os trechos melhores, e noticiou-me que, em pequeno, começara a aprender flauta; abandonou-a logo, — o que foi pena, concluiu, porque é, na verdade, um instrumento muito saudoso. Mostrou-me ainda outras salas, fomos ao jardim, que era esplêndido, tanto ajudava a arte à natureza, e tanto a natureza coroava a arte. Em rosas, por exemplo, (não há negar, disse-me ele, que é a rainha das flores) em rosas, tinha-as de toda casta e de todas as regiões.

Saí encantado. Encontramo-nos algumas vezes, na rua, no teatro, em casa de amigos comuns, tive ocasião de apreciá-lo. Quatro meses depois fui à Europa, negócio que me obrigava à ausência de um ano; ele ficou cuidando da eleição; queria ser deputado. Fui eu mesmo que o induzi a isso, sem a menor intenção política, mas com o único fim de lhe ser agradável; mal comparando, era como se lhe elogiasse o corte do colete. Ele pegou da ideia, e apresentou-se. Um dia, atravessando uma rua de Paris, dei subitamente com o Benedito.

— Que é isto? exclamei.

— Perdi a eleição, disse ele, e vim passear à Europa.

Não me deixou mais; viajamos juntos o resto do tempo. Confessou-me que a perda da eleição não lhe tirara a ideia de entrar no parlamento. Ao contrário, incitara-o mais. Falou-me de um grande plano.

— Quero vê-lo ministro, disse-lhe.

Benedito não contava com esta palavra, o rosto iluminou-se-lhe; mas disfarçou depressa.

— Não digo isso, respondeu. Quando, porém, seja ministro, creia que serei tão somente ministro industrial. Estamos fartos de partidos; precisamos desenvolver as forças vivas do país, os seus grandes recursos. Lembra-se do que *nós dizíamos* na diligência de Vassouras? O Brasil está engatinhando; só andará com estradas de ferro.

— Tem razão, concordei um pouco espantado. E por que é que eu mesmo vim à Europa? Vim cuidar de uma estrada de ferro. Deixo as cousas arranjadas em Londres.

— Sim?

— Perfeitamente.

Mostrei-lhe os papéis; ele viu-os deslumbrado. Como eu tivesse então recolhido alguns apontamentos, dados estatísticos, folhetos, relatórios, cópias de contratos, tudo referente a matérias industriais, e lhos mostrasse, Benedito declarou-me que ia também coligir algumas cousas daquelas. E, na verdade, vi-o andar por ministérios, bancos, associações, pedindo muitas notas e opúsculos, que amontoava nas malas; mas o ardor com que o fez, se foi intenso, foi curto; era de empréstimo. Benedito recolheu com muito mais gosto os anexins políticos e fórmulas parlamentares. Tinha na cabeça um vasto arsenal deles. Nas conversas comigo repetia-os muita vez, à laia de experiência; achava neles grande prestígio e valor inestimável. Muitos eram de tradição inglesa, e ele os preferia aos outros, como trazendo em si um pouco da Câmara dos Comuns. Saboreava-os tanto que eu não sei se ele aceitaria jamais a liberdade real sem aquele aparelho verbal; creio que não. Creio até que, se tivesse de optar, optaria por essas formas curtas, tão cômodas, algumas lindas, outras sonoras, todas axiomáticas, que não forçam a reflexão, preenchem os vazios, e deixam a gente em paz com Deus e os homens.

Regressamos juntos; mas eu fiquei em Pernambuco, e tornei mais tarde a Londres, donde vim ao Rio de Janeiro, um ano depois. Já então Benedito era deputado. Fui visitá-lo; achei-o preparando o discurso de estreia. Mostrou-me alguns apontamentos, trechos de relatórios, livros de economia política, alguns com páginas marcadas, por meio de tiras de papel rubricadas assim: — *Câmbio, Taxa das terras, Questão dos cereais em Inglaterra, Opinião de Stuart Mill, Erro de Thiers sobre caminhos de ferro*, etc. Era sincero, minucioso e cálido. Falava-me daquelas cousas, como se acabasse de as descobrir, expondo-me tudo, *ab ovo*;[6] tinha a peito mostrar aos homens práticos da Câmara que também ele era prático. Em seguida, perguntou-me pela empresa; disse-lhe o que havia.

— Dentro de dous anos conto inaugurar o primeiro trecho da estrada.

— E os capitalistas ingleses?

— Que têm?

— Estão contentes, esperançados?

— Muito; não imagina.

---

6. A expressão latina pode ser traduzida por "desde o início", "desde a origem". [HG]

Contei-lhe algumas particularidades técnicas, que ele ouviu distraidamente, — ou porque a minha narração fosse em extremo complicada, ou por outro motivo. Quando acabei, disse-me que estimava ver-me entregue ao movimento industrial; era dele que precisávamos, e a este propósito fez-me o favor de ler o exórdio do discurso que devia proferir dali a dias.

— Está ainda em borrão, explicou-me; mas as ideias capitais ficam. E começou: "No meio da agitação crescente dos espíritos, do alarido partidário que encobre as vozes dos legítimos interesses, permiti que alguém faça ouvir uma súplica da nação. Senhores, é tempo de cuidar, exclusivamente, — notai que digo exclusivamente, — dos melhoramentos materiais do país. Não desconheço o que se me pode replicar; dir-me-eis que uma nação não se compõe só de estômago para digerir, mas de cabeça para pensar e de coração para sentir. Respondo-vos que tudo isso não valerá nada ou pouco, se ela não tiver pernas para caminhar; e aqui repetirei o que, há alguns anos, *dizia eu* a um amigo, em viagem pelo interior: o Brasil é uma criança que engatinha; só começará a andar quando estiver cortado de estradas de ferro...".

Não pude ouvir mais nada e fiquei pensativo. Mais que pensativo, fiquei assombrado, desvairado diante do abismo que a psicologia rasgava aos meus pés. Este homem é sincero, pensei comigo, está persuadido do que escreveu. E fui por aí abaixo até ver se achava a explicação dos trâmites por que passou aquela recordação da diligência de Vassouras. Achei (perdoem-me se há nisto enfatuação), achei ali mais um efeito da lei da evolução, tal como a definiu Spencer, — Spencer ou Benedito, um deles.

Pílades e Orestes

****

Quintanilha engendrou Gonçalves. Tal era a impressão que davam os dous juntos, não que se parecessem. Ao contrário, Quintanilha tinha o rosto redondo, Gonçalves comprido, o primeiro era baixo e moreno, o segundo alto e claro, e a expressão total divergia inteiramente. Acresce que eram quase da mesma idade. A ideia da paternidade nascia das maneiras com que o primeiro tratava o segundo; um pai não se desfaria mais em carinhos, cautelas e pensamentos.

Tinham estudado juntos, morado juntos, e eram bacharéis do mesmo ano. Quintanilha não seguiu advocacia nem magistratura, meteu-se na política; mas, eleito deputado provincial em 187... cumpriu o prazo da legislatura e abandonou a carreira. Herdara os bens de um tio, que lhe davam de renda cerca de trinta contos de réis. Veio para o seu Gonçalves, que advogava no Rio de Janeiro.

Posto que abastado, moço, amigo do seu único amigo, não se pode dizer que Quintanilha fosse inteiramente feliz, como vais ver. Ponho de lado o desgosto que lhe trouxe a herança com o ódio dos parentes; tal ódio foi que ele esteve prestes a abrir mão dela, e não o fez porque o amigo Gonçalves, que lhe dava ideias e conselhos, o convenceu de que semelhante ato seria rematada loucura.

— Que culpa tem você que merecesse mais a seu tio que os outros parentes? Não foi você que fez o testamento nem andou a bajular o defunto, como os outros.

Se ele deixou tudo a você, é que o achou melhor que eles; fique-se com a fortuna, que é a vontade do morto, e não seja tolo.

Quintanilha acabou concordando. Dos parentes alguns buscaram reconciliar-se com ele, mas o amigo mostrou-lhe a intenção recôndita dos tais, e Quintanilha não lhes abriu a porta. Um desses, ao vê-lo ligado com o antigo companheiro de estudos, bradava por toda a parte:

— Aí está, deixa os parentes para se meter com estranhos; há de ver o fim que leva.

Ao saber disto, Quintanilha correu a contá-lo a Gonçalves, indignado. Gonçalves sorriu, chamou-lhe tolo e aquietou-lhe o ânimo; não valia a pena irritar-se por ditinhos.

— Uma só cousa desejo, continuou, é que nos separemos, para que se não diga...

— Que se não diga o quê? É boa! Tinha que ver, se eu passava a escolher as minhas amizades conforme o capricho de alguns peraltas sem-vergonha!

— Não fale assim, Quintanilha. Você é grosseiro com seus parentes.

— Parentes do diabo que os leve! Pois eu hei de viver com as pessoas que me forem designadas por meia dúzia de velhacos que o que querem é comer-me o dinheiro? Não, Gonçalves; tudo o que você quiser, menos isso. Quem escolhe os meus amigos sou eu, é o meu coração. Ou você está... está aborrecido de mim?

— Eu? Tinha graça.

— Pois então?

— Mas é...

— Não é tal!

A vida que viviam os dous, era a mais unida deste mundo. Quintanilha acordava, pensava no outro, almoçava e ia ter com ele. Jantavam juntos, faziam alguma visita, passeavam ou acabavam a noite no teatro. Se Gonçalves tinha algum trabalho que fazer à noite, Quintanilha ia ajudá-lo como obrigação; dava busca aos textos de lei, marcava-os, copiava-os, carregava os livros. Gonçalves esquecia com facilidade, ora um recado, ora uma carta, sapatos, charutos, papéis. Quintanilha supria-lhe a memória. Às vezes, na rua do Ouvidor, vendo passar as moças, Gonçalves lembrava-se de uns autos que deixara no escritório. Quintanilha voava a buscá-los e tornava com eles, tão contente que não se podia saber se eram autos, se a sorte grande; procurava-o ansiosamente com os olhos, corria, sorria, morria de fadiga.

— São estes?
— São; deixa ver, são estes mesmos. Dá cá.
— Deixa, eu levo.

A princípio, Gonçalves suspirava:
— Que maçada que dei a você!

Quintanilha ria do suspiro com tão bom humor que o outro, para não o molestar, não se acusou de mais nada; concordou em receber os obséquios. Com o tempo, os obséquios ficaram sendo puro ofício. Gonçalves dizia ao outro: "Você hoje há de lembrar-me isto e aquilo". E o outro decorava as recomendações, ou escrevia-as, se eram muitas. Algumas dependiam de horas; era de ver como o bom Quintanilha suspirava aflito, à espera que chegasse tal ou tal hora para ter o gosto de lembrar os negócios ao amigo. E levava-lhe as cartas e papéis, ia buscar as respostas, procurar as pessoas, esperá-las na estrada de ferro, fazia viagens ao interior. De si mesmo descobria-lhe bons charutos, bons jantares, bons espetáculos. Gonçalves já não tinha liberdade de falar de um livro novo, ou somente caro, que não achasse um exemplar em casa.

— Você é um perdulário, dizia-lhe em tom repreensivo.

— Então gastar com letras e ciências é botar fora? É boa! concluía o outro.

No fim do ano quis obrigá-lo a passar fora as férias. Gonçalves acabou aceitando, e o prazer que lhe deu com isto foi enorme. Subiram a Petrópolis. Na volta, serra abaixo, como falassem de pintura, Quintanilha advertiu que não tinham ainda uma tela com o retrato dos dous, e mandou fazê-la. Quando a levou ao amigo, este não pôde deixar de lhe dizer que não prestava para nada. Quintanilha ficou sem voz.

— É uma porcaria, insistiu Gonçalves.

— Pois o pintor disse-me...

— Você não entende de pintura, Quintanilha, e o pintor aproveitou a ocasião para meter a espiga. Pois isto é cara decente? Eu tenho este braço torto?

— Que ladrão!

— Não, ele não tem culpa, fez o seu negócio; você é que não tem o sentimento da arte, nem prática, e espichou-se redondamente. A intenção foi boa, creio...

— Sim, a intenção foi boa.

— E aposto que já pagou?

— Já.

Gonçalves abanou a cabeça, chamou-lhe ignorante e acabou rindo. Quintanilha, vexado e aborrecido, olhava para a tela, até que sacou de um canivete e rasgou-a de alto a baixo. Como se não bastasse esse gesto de vingança, devolveu a pintura ao artista com um bilhete em que lhe transmitiu alguns dos nomes recebidos e mais o de asno. A vida tem muitas de tais pagas. Demais, uma letra de Gonçalves que se venceu dali a dias e que este não pôde pagar, veio trazer ao espírito de Quintanilha uma diversão. Quase brigaram; a ideia de Gonçalves era reformar a letra; Quintanilha, que era o endossante, entendia não valer a pena pedir o favor por tão escassa quantia (um conto e quinhentos), ele emprestaria o valor da letra, e o outro que lhe pagasse, quando pudesse. Gonçalves não consentiu e fez-se a reforma. Quando, ao fim dela, a situação se repetiu, o mais que este admitiu foi aceitar uma letra de Quintanilha, com o mesmo juro.

— Você não vê que me envergonha, Gonçalves? Pois eu hei de receber juro de você...?

— Ou recebe, ou não fazemos nada.

— Mas, meu querido...

Teve que concordar. A união dos dous era tal que uma senhora chamava-lhes os "casadinhos de fresco", e um letrado, Pílades e Orestes. Eles riam, naturalmente, mas o riso de Quintanilha trazia alguma cousa parecida com lágrimas: era, nos olhos, uma ternura úmida. Outra diferença é que o sentimento de Quintanilha tinha uma nota de entusiasmo, que absolutamente faltava ao de Gonçalves; mas, entusiasmo não se inventa. É claro que o segundo era mais capaz de inspirá-lo ao primeiro do que este a ele. Em verdade, Quintanilha era mui sensível a qualquer distinção; uma palavra, um olhar bastava a acender-lhe o cérebro. Uma pancadinha no ombro ou no ventre, com o fim de aprová-lo ou só acentuar a intimidade, era para derretê-lo de prazer. Contava o gesto e as circunstâncias durante dous e três dias.

Não era raro vê-lo irritar-se, teimar, descompor os outros. Também era comum vê-lo rir-se; alguma vez o riso era universal, entornava-se-lhe da boca, dos olhos, da testa, dos braços, das pernas, todo ele era um riso único. Sem ter paixões, estava longe de ser apático.

A letra sacada contra Gonçalves tinha o prazo de seis meses. No dia do vencimento, não só não pensou em cobrá-la, mas resolveu ir jantar a algum arrabalde para não ver o amigo, se fosse convidado à reforma. Gonçalves destruiu todo esse plano; logo cedo, foi levar-lhe o dinheiro. O primeiro gesto de Quintanilha foi recusá-lo, dizendo-lhe que o guardasse, podia precisar dele; o devedor teimou em pagar e pagou.

Quintanilha acompanhava os atos de Gonçalves; via a constância do seu trabalho, o zelo que ele punha na defesa das demandas, e vivia cheio de admiração. Realmente, não era grande advogado, mas na medida das suas habilitações, era distinto.

— Você por que não se casa? perguntou-lhe um dia; um advogado precisa casar.

Gonçalves respondia rindo. Tinha uma tia, única parenta, a quem ele queria muito, e que lhe morreu, quando eles iam em trinta anos. Dias depois, dizia ao amigo:

— Agora só me resta você.

Quintanilha sentiu os olhos molhados, e não achou que lhe respondesse. Quando se lembrou de dizer que "iria até à morte" era tarde. Redobrou então de carinhos, e um dia acordou com a ideia de fazer testamento. Sem revelar nada ao outro, nomeou-o testamenteiro e herdeiro universal.

— Guarde-me este papel, Gonçalves, disse-lhe entregando o testamento. Sinto-me forte, mas a morte é fácil, e não quero confiar a qualquer pessoa as minhas últimas vontades.

Foi por esse tempo que sucedeu um caso que vou contar.

Quintanilha tinha uma prima-segunda, Camila, moça de vinte e dous anos, modesta, educada e bonita. Não era rica; o pai, João Bastos, era guarda-livros de uma casa de café. Haviam brigado por ocasião da herança; mas, Quintanilha foi ao enterro da mulher de João Bastos, e este ato de piedade novamente os ligou. João Bastos esqueceu facilmente alguns nomes crus que dissera do primo, chamou-lhe outros nomes doces, e pediu-lhe que fosse jantar com ele. Quintanilha foi e tornou a ir. Ouviu ao primo o elogio da finada mulher; numa ocasião em que Camila os deixou sós, João Bastos louvou as raras prendas da filha, que afirmava haver recebido integralmente a herança moral da mãe.

— Não direi isto nunca à pequena, nem você lhe diga nada. É modesta, e, se começarmos a elogiá-la, pode perder-se. Assim, por exemplo, nunca lhe direi que é tão bonita como foi a mãe, quando tinha a idade dela; pode ficar vaidosa. Mas a verdade é que é mais, não lhe parece? Tem ainda o talento de tocar piano, que a mãe não possuía.

Quando Camila voltou à sala de jantar, Quintanilha sentiu vontade de lhe descobrir tudo, conteve-se e piscou o olho ao primo. Quis ouvi-la ao piano; ela respondeu, cheia de melancolia:

— Ainda não, há apenas um mês que mamãe faleceu, deixe passar mais tempo. Demais, eu toco mal.

— Mal?

— Muito mal.

Quintanilha tornou a piscar o olho ao primo, e ponderou à moça que a prova de tocar bem ou mal só se dava ao piano. Quanto ao prazo, era certo que apenas passara um mês; todavia era também certo que a música era uma distração natural e elevada. Além disso, bastava tocar um pedaço triste. João Bastos aprovou este modo de ver e lembrou uma composição elegíaca. Camila abanou a cabeça.

— Não, não, sempre é tocar piano; os vizinhos são capazes de inventar que eu toquei uma polca.

Quintanilha achou graça e riu. Depois concordou e esperou que os três meses fossem passados. Até lá, viu a prima algumas vezes, sendo as três últimas visitas mais próximas e longas. Enfim, pôde ouvi-la tocar piano, e gostou. O pai confessou que, ao princípio, não gostava muito daquelas músicas alemãs; com o tempo e o costume achou-lhes sabor. Chamava à filha "a minha alemãzinha", apelido que foi adotado por Quintanilha, apenas modificado para o plural: "a nossa alemãzinha". Pronomes possessivos dão intimidade; dentro em pouco, ela existia entre os três, — ou quatro, se contarmos Gonçalves, que ali foi apresentado pelo amigo; — mas fiquemos nos três.

Que ele é cousa já farejada por ti, leitor sagaz. Quintanilha acabou gostando da moça. Como não, se Camila tinha uns longos olhos mortais? Não é que os pousasse muita vez nele, e, se o fazia, era com tal ou qual constrangimento, a princípio, como as crianças que obedecem sem vontade às ordens do mestre ou do pai; mas pousava-os, e eles eram tais que, ainda sem intenção, feriam de morte. Também sorria com frequência e falava com graça. Ao piano, e por mais aborrecida que tocasse, tocava bem. Em suma, Camila não faria obra de impulso próprio, sem ser por isso menos feiticeira. Quintanilha descobriu um dia de manhã que sonhara com ela a noite toda, e à noite que pensara nela todo o dia, e concluiu da descoberta que a amava e era amado. Tão tonto ficou que esteve prestes a imprimi-lo nas folhas públicas. Quando menos, quis dizê-lo ao amigo Gonçalves e correu ao escritório deste. A afeição de Quintanilha complicava-se de respeito e temor. Quase a abrir a boca, engoliu outra vez o segredo. Não ousou dizê-lo nesse dia nem no outro.

Antes dissesse; talvez fosse tempo de vencer a campanha. Adiou a revelação por uma semana. Um dia foi jantar com o amigo, e, depois de muitas hesitações, disse-lhe tudo; amava a prima e era amado.

— Você aprova, Gonçalves?

Gonçalves empalideceu, — ou, pelo menos, ficou sério; nele a seriedade confundia-se com a palidez. Mas, não; verdadeiramente ficou pálido.

— Aprova? repetiu Quintanilha.

Após alguns segundos, Gonçalves ia abrir a boca para responder, mas fechou-a de novo, e fitou os olhos "em ontem", como ele mesmo dizia de si, quando os estendia ao longe. Em vão Quintanilha teimou em saber o que era, o que pensava, se aquele amor era *asneira*. Estava tão acostumado a ouvir-lhe este vocábulo que já lhe não doía nem afrontava, ainda em matéria tão melindrosa e pessoal. Gonçalves tornou a si daquela meditação, sacudiu os ombros, com ar desenganado, e murmurou esta palavra tão surdamente que o outro mal a pôde ouvir:

— Não me pergunte nada; faça o que quiser.

— Gonçalves, que é isso? perguntou Quintanilha, pegando-lhe nas mãos, assustado.

Gonçalves soltou um grande suspiro, que, se tinha asas, ainda agora estará voando. Tal foi, sem esta forma paradoxal, a impressão de Quintanilha. O relógio da sala de jantar bateu oito horas, Gonçalves alegou que ia visitar um desembargador, e o outro despediu-se.

Na rua, Quintanilha parou atordoado. Não acabava de entender aqueles gestos, aquele suspiro, aquela palidez, todo o efeito misterioso da notícia dos seus amores. Entrara e falara, disposto a ouvir do outro um ou mais daqueles epítetos costumados e amigos, *idiota*, *crédulo*, *paspalhão*, e não ouviu nenhum. Ao contrário, havia nos gestos de Gonçalves alguma cousa que pegava com o respeito. Não se lembrava de nada, ao jantar, que pudesse tê-lo ofendido; foi só depois de lhe confiar o sentimento novo que trazia a respeito da prima que o amigo ficou acabrunhado.

— Mas, não pode ser, pensava ele; o que é que Camila tem que não possa ser boa esposa?

Nisto gastou, parado, defronte da casa, mais de meia hora. Advertiu então que Gonçalves não saíra. Esperou mais meia hora, nada. Quis entrar outra vez, abraçá-lo, interrogá-lo... Não teve forças; enfiou pela rua fora, desesperado. Chegou à casa de João Bastos, e não viu Camila; tinha-se recolhido, constipada. Queria justamente contar-lhe tudo, e aqui é preciso explicar que ele ainda não se havia declarado à prima. Os olhares da moça não fugiam dos seus; era tudo, e podia não passar de faceirice. Mas o lance não podia ser melhor para clarear a situação. Contando o que se passara com o amigo, tinha o ensejo de lhe fazer saber que a amava e ia pedi-la ao pai. Era uma consolação no meio daquela agonia, o acaso negou-lha, e Quintanilha saiu da casa, pior do que entrara. Recolheu-se à sua.

Não dormiu antes das duas horas da manhã, e não foi para repouso, senão para agitação maior e nova. Sonhou que ia a atravessar uma ponte velha e longa, entre duas montanhas, e a meio caminho viu surdir debaixo um vulto e fincar os pés defronte dele. Era Gonçalves. "Infame, disse este com os olhos acesos, por que me vens tirar a noiva de meu coração, a mulher que eu amo e é minha? Toma, toma logo o meu coração, é mais completo." E com um gesto rápido abriu o peito, arrancou o coração e meteu-lho na boca. Quintanilha tentou pegar da víscera amiga e repô-la no peito de Gonçalves; foi impossível. Os queixos acabaram por fechá-la. Quis cuspi-la, e foi pior; os dentes cravaram-se no coração. Quis falar, mas vá alguém falar com a boca cheia daquela maneira. Afinal o amigo ergueu os braços e estendeu-lhe as mãos com o gesto de maldição que ele vira nos melodramas, em dias de rapaz; logo depois, brotaram-lhe dos olhos duas imensas lágrimas, que encheram o vale de água, atirou-se abaixo e desapareceu. Quintanilha acordou sufocado.

A ilusão do pesadelo era tal que ele ainda levou as mãos à boca, para arrancar de lá o coração do amigo. Achou a língua somente, esfregou os olhos e sentou-se. Onde estava? Que era? E a ponte? E o Gonçalves? Voltou a si de todo, compreendeu e novamente se deitou, para outra insônia, menor que a primeira, é certo; veio a dormir às quatro horas.

De dia, rememorando toda a véspera, realidade e sonho, chegou à conclusão de que o amigo Gonçalves era seu rival, amava a prima dele, era talvez amado por ela... Sim, sim, podia ser. Quintanilha passou duas horas cruéis. Afinal pegou em si e foi ao escritório de Gonçalves, para saber tudo de uma vez; e, se fosse verdade, sim, se fosse verdade...

Gonçalves redigia umas razões de embargo. Interrompeu-as para fitá-lo um instante, erguer-se, abrir o armário de ferro, onde guardava os papéis graves, tirar de lá o testamento de Quintanilha, e entregá-lo ao testador.

— Que é isto?

— Você vai mudar de estado, respondeu Gonçalves, sentando-se à mesa.

Quintanilha sentiu-lhe lágrimas na voz; assim lhe pareceu, ao menos. Pediu-lhe que guardasse o testamento; era o seu depositário natural. Instou muito; só lhe respondia o som áspero da pena correndo no papel. Não corria bem a pena, a letra era tremida, as emendas mais numerosas que de costume, provavelmente as datas erradas. A consulta dos livros era feita com tal melancolia que entristecia o outro. Às vezes, parava tudo, pena e consulta, para só ficar o olhar fito "em ontem".

— Entendo, disse Quintanilha subitamente; ela será tua.

— Ela quem? quis perguntar Gonçalves, mas já o amigo voava, escada abaixo, como uma flecha, e ele continuou as suas razões de embargo.

Não se adivinha todo o resto; basta saber o final. Nem se adivinha nem se crê; mas a alma humana é capaz de esforços grandes, no bem como no mal. Quintanilha fez outro testamento, legando tudo à prima, com a condição de desposar o amigo. Camila não aceitou o testamento, mas ficou tão contente, quando o primo lhe falou das lágrimas de Gonçalves, que aceitou Gonçalves e as lágrimas. Então Quintanilha não achou melhor remédio que fazer terceiro testamento legando tudo ao amigo.

O final da história foi dito em latim. Quintanilha serviu de testemunha ao noivo, e de padrinho aos dous primeiros filhos. Um dia em que, levando doces para os afilhados, atravessava a praça Quinze de Novembro, recebeu uma bala revoltosa (1893) que o matou quase instantaneamente. Está enterrado no cemitério de S. João Batista; a sepultura é simples, a pedra tem um epitáfio que termina com esta pia frase: "Orai por ele!". É também o fecho da minha história. Orestes vive ainda, sem os remorsos do modelo grego. Pílades é agora o personagem mudo de Sófocles. Orai por ele!

Anedota do *cabriolet*

— *Cabriolet* está aí, sim, senhor, dizia o preto que viera à matriz de S. José chamar o vigário para sacramentar dous moribundos.

A geração de hoje não viu a entrada e a saída do *cabriolet* no Rio de Janeiro. Também não saberá do tempo em que o *cab* e o *tilbury* vieram para o rol dos nossos veículos de praça ou particulares. O *cab* durou pouco. O *tilbury*, anterior aos dous, promete ir à destruição da cidade. Quando esta acabar e entrarem os cavadores de ruínas, achar-se-á um parado, com o cavalo e o cocheiro em ossos, esperando o freguês do costume. A paciência será a mesma de hoje, por mais que chova, a melancolia maior, como quer que brilhe o sol, porque juntará a própria atual à do espectro dos tempos. O arqueólogo dirá cousas raras sobre os três esqueletos. O *cabriolet* não teve história; deixou apenas a anedota que vou dizer.

— Dous! exclamou o sacristão.

— Sim, senhor, dous: nhá Anunciada e nhô Pedrinho. Coitado de nhô Pedrinho! E nhá Anunciada, coitada! continuou o preto a gemer, andando de um lado para outro, aflito, fora de si.

Alguém que leia isto com a alma turva de dúvidas, é natural que pergunte se o preto sentia deveras, ou se queria picar a curiosidade do coadjutor e do sacristão. Eu estou que tudo se pode combinar neste mundo, como no outro. Creio que ele sentia deveras; não descreio que ansiasse por dizer alguma história terrível.

Em todo caso, nem o coadjutor nem o sacristão lhe perguntavam nada.

Não é que o sacristão não fosse curioso. Em verdade, pouco mais era que isso. Trazia a paróquia de cor; sabia os nomes às devotas, a vida delas, a dos maridos e a dos pais, as prendas e os recursos de cada uma, e o que comiam, e o que bebiam, e o que diziam, os vestidos e as virtudes, os dotes das solteiras, o comportamento das casadas, as saudades das viúvas. Pesquisava tudo; nos intervalos ajudava a missa e o resto. Chamava-se João das Mercês, homem quarentão, pouca barba e grisalho, magro e meão.

— Que Pedrinho e que Anunciada serão esses? dizia consigo, acompanhando o coadjutor.

Embora ardesse por sabê-los, a presença do coadjutor impediria qualquer pergunta. Este ia tão calado e pio, caminhando para a porta da igreja, que era força mostrar o mesmo silêncio e piedade que ele. Assim foram andando. O *cabriolet* esperava-os; o cocheiro desbarretou-se, os vizinhos e alguns passantes ajoelharam-se, enquanto o padre e o sacristão entravam e o veículo enfiava pela rua da Misericórdia. O preto desandou o caminho a passo largo.

Que andem burros e pessoas na rua, e as nuvens no céu, se as há, e os pensamentos nas cabeças, se os têm. A do sacristão tinha-os vários e confusos. Não era acerca de *Nosso-Pai*, embora soubesse adorá-lo, nem da água benta e do hissope que levava; também não era acerca da hora, — oito e quarto da noite, — aliás, o céu estava claro e a lua ia aparecendo. O próprio *cabriolet*, que era novo na terra, e substituía neste caso a sege, esse mesmo veículo não ocupava o cérebro todo de João das Mercês, a não ser na parte que pegava com nhô Pedrinho e nhá Anunciada.

— Há de ser gente nova, ia pensando o sacristão, mas hóspeda em alguma casa, decerto, porque não há casa vazia na praia, e o número é da do comendador Brito. Parentes, serão? Que parentes, se nunca ouvi...? Amigos, não sei; conhecidos, talvez, simples conhecidos. Mas então mandariam *cabriolet*? Este mesmo preto é novo na casa; há de ser escravo de um dos moribundos, ou de ambos.

Era assim que João das Mercês ia cogitando, e não foi por muito tempo. O *cabriolet* parou à porta de um sobrado, justamente a casa do comendador Brito, José Martins de Brito. Já havia algumas pessoas embaixo com velas, o padre e o sacristão apearam-se e subiram a escada, acompanhados do comendador. A esposa deste, no patamar, beijou o anel ao padre. Gente grande, crianças, escravos, um burburinho surdo, meia claridade, e os dous moribundos à espera, cada um no seu quarto, ao fundo.

Tudo se passou, como é de uso e regra, em tais ocasiões. Nhô Pedrinho foi absolvido e ungido, nhá Anunciada também, e o coadjutor despediu-se da casa para tornar à matriz com o sacristão. Este não se despediu do comendador sem lhe perguntar ao ouvido se os dous eram parentes seus. Não, não eram parentes, respondeu Brito; eram amigos de um sobrinho que vivia em Campinas; uma história terrível... Os olhos de João das Mercês escutaram arregaladamente estas duas palavras, e disseram, sem falar, que viriam ouvir o resto, — talvez naquela mesma noite. Tudo foi rápido, porque o padre descia a escada, era força ir com ele.

Foi tão curta a moda do *cabriolet* que este provavelmente não levou outro padre a moribundos. Ficou-lhe a anedota, que vou acabar já, tão escassa foi ela, uma anedota de nada. Não importa. Qualquer que fosse o tamanho ou a importância, era sempre uma fatia de vida para o sacristão, que ajudou o padre a guardar o pão sagrado, a despir a sobrepeliz, e a fazer tudo mais, antes de se despedir e sair. Saiu, enfim, a pé, rua acima, praia fora, até parar à porta do comendador.

Em caminho foi evocando toda a vida daquele homem, antes e depois da comenda. Compôs o negócio, que era fornecimento de navios, creio eu, a família, as festas dadas, os cargos paroquiais, comerciais e eleitorais, e daqui aos boatos e anedotas não houve mais que um passo ou dous. A grande memória de João das Mercês guardava todas as cousas, máximas e mínimas, com tal nitidez que pareciam da véspera, e tão completas que nem o próprio objeto deles era capaz de as repetir iguais. Sabia-as como o Padre-Nosso, isto é, sem pensar nas palavras; ele rezava tal qual comia, mastigando a oração, que lhe saía dos queixos sem sentir. Se a regra mandasse rezar três dúzias de Padre-Nossos seguidamente, João das Mercês os diria sem contar. Tal era com as vidas alheias; amava sabê-las, pesquisava-as, decorava-as, e nunca mais lhe saíam da memória.

Na paróquia todos lhe queriam bem, porque ele não enredava nem maldizia. Tinha o amor da arte pela arte. Muita vez nem era preciso perguntar nada. José dizia-lhe a vida de Antônio e Antônio a de José. O que ele fazia era ratificar ou retificar um com outro, e os dous com Sancho, Sancho com Martinho, e vice-versa, todos com todos. Assim é que enchia as horas vagas, que eram muitas. Alguma vez, à própria missa, recordava uma anedota da véspera, e, a princípio, pedia perdão a Deus; deixou de lho pedir quando refletiu que não falhava uma só palavra ou gesto do santo sacrifício, tão consubstanciados os trazia em si. A anedota que então revivia por instantes, era como a andorinha que atravessa uma paisagem. A paisagem fica sendo a mesma, e a água, se há água, murmura o mesmo som. Esta comparação, que era dele, valia mais do que ele pensava, porque a andorinha, ainda voando, faz parte da paisagem, e a anedota fazia nele parte da pessoa; era um dos seus atos de viver.

Quando chegou à casa do comendador, tinha desfiado o rosário da vida deste, e entrou com o pé direito para não sair mal. Não pensou em sair cedo, por mais aflita que fosse a ocasião, e nisto a fortuna o ajudou. Brito estava na sala da frente, em conversa com a mulher, quando lhe vieram dizer que João das Mercês perguntava pelo estado dos moribundos. A esposa retirou-se da sala, o sacristão entrou pedindo desculpas e dizendo que era por pouco tempo; ia passando e lembrara-se de saber se os enfermos tinham ido para o céu, — ou se ainda eram deste mundo. Tudo o que dissesse respeito ao comendador seria ouvido por ele com interesse.

— Não morreram, nem sei se escaparão; quando menos, ela creio que morrerá, concluiu Brito.

— Parecem bem mal.

— Ela, principalmente; também é a que mais padece da febre. A febre os pegou aqui em nossa casa, logo que chegaram de Campinas, há dias.

— Já estavam aqui? perguntou o sacristão, pasmado de o não saber.

— Já; chegaram há quinze dias, — ou catorze. Vieram com o meu sobrinho Carlos e aqui apanharam a doença...

Brito interrompeu o que ia dizendo; assim pareceu ao sacristão, que pôs no semblante toda a expressão de pessoa que espera o resto. Entretanto, como o outro estivesse a morder os beiços e a olhar para as paredes, não viu o gesto de espera, e ambos se detiveram calados. Brito acabou andando ao longo da sala, enquanto João das Mercês dizia consigo que havia alguma cousa mais que febre. A primeira ideia que lhe acudiu, foi se os médicos teriam errado na doença ou no remédio; também pensou que podia ser outro mal escondido, a que deram o nome de febre para encobrir a verdade. Ia acompanhando com os olhos o comendador, enquanto este andava e desandava a sala toda, apagando os passos para não aborrecer mais os que estavam dentro. De lá vinha algum murmúrio de conversação, chamado, recado, porta que se abria ou fechava. Tudo isso era cousa nenhuma para quem tivesse outro cuidado; mas o nosso sacristão já agora não tinha mais que saber o que não sabia. Quando menos, a família dos enfermos, a posição, o atual estado, alguma página da vida deles, tudo era conhecer algo, por mais arredado que fosse da paróquia.

— Ah! exclamou Brito estacando o passo.

Parecia haver nele o desejo impaciente de referir um caso, — a "história terrível", que anunciara ao sacristão, pouco antes; mas nem este ousava pedi-la nem aquele dizê-la, e o comendador pegou a andar outra vez.

João das Mercês sentou-se. Viu bem que em tal situação cumpria despedir-se com boas palavras de esperança ou de conforto, e voltar no dia seguinte; preferiu sentar-se e aguardar. Não viu na cara do outro nenhum sinal de reprovação do seu gesto; ao contrário, ele parou defronte e suspirou com grande cansaço.

— Triste, sim, triste, concordou João das Mercês. Boas pessoas, não?

— Iam casar.

— Casar? Noivos um do outro?

Brito confirmou de cabeça. A nota era melancólica, mas não havia sinal da história terrível anunciada, e o sacristão esperou por ela. Observou consigo que era a primeira vez que ouvia alguma cousa de gente que absolutamente não conhecia. As caras, vistas há pouco, eram o único sinal dessas pessoas. Nem por isso se sentia menos curioso. Iam casar... Podia ser que a história terrível fosse isso mesmo. Em verdade, atacados de um mal na véspera de um bem, o mal devia ser terrível. Noivos e moribundos...

Vieram trazer recado ao dono da casa; este pediu licença ao sacristão, tão depressa que nem deu tempo a que ele se despedisse e saísse. Correu para dentro, e lá ficou cinquenta minutos. Ao cabo, chegou à sala um pranto sufocado; logo após, tornou o comendador.

— Que lhe dizia eu, há pouco? Quando menos, ela ia morrer; morreu.

Brito disse isto sem lágrimas e quase sem tristeza. Conhecia a defunta de pouco tempo. As lágrimas, segundo referiu, eram do sobrinho de Campinas e de uma parenta da defunta, que morava em Mataporcos. Daí a supor que o sobrinho do comendador gostasse da noiva do moribundo foi um instante para o sacristão, mas não se lhe pegou a ideia por muito tempo; não era forçoso, e depois se ele próprio os acompanhara... Talvez fosse padrinho de casamento. Quis saber, e era natural, — o nome da defunta. O dono da casa, — ou por não querer dar-lho, — ou porque outra ideia lhe tomasse agora a cabeça, — não declarou o nome da noiva, nem do noivo. Ambas as causas seriam.

— Iam casar...

— Deus a receberá em sua santa guarda, e a ele também, se vier a expirar, disse o sacristão cheio de melancolia.

E esta palavra bastou a arrancar metade do segredo que parece ansiava por sair da boca do fornecedor de navios. Quando João das Mercês lhe viu a expressão dos olhos, o gesto com que o levou à janela, e o pedido que lhe fez de jurar, — jurou por todas as almas dos seus que ouviria e calaria tudo. Nem era homem de assoalhar as confidências alheias, mormente as de pessoas gradas e honradas, como era o comendador. Ao que este se deu por satisfeito e animado, e então lhe confiou a primeira metade do segredo, a qual era que os dous noivos, criados juntos, vinham casar aqui quando souberam, pela parenta de Mataporcos, uma notícia abominável...

— E foi...? precipitou-se em dizer João das Mercês, sentindo alguma hesitação no comendador.

— Que eram irmãos.

— Irmãos como? Irmãos de verdade?

— De verdade; irmãos por parte de mãe. O pai é que não era o mesmo. A parenta não lhes disse tudo nem claro, mas jurou que era assim, e eles ficaram fulminados durante um dia ou mais...

João das Mercês não ficou menos espantado que eles; dispôs-se a não sair dali sem saber o resto. Ouviu dez horas, ouviria todas as demais da noite, velaria o cadáver de um ou de ambos, uma vez que pudesse juntar mais esta página às outras da paróquia, embora não fosse da paróquia.

— E vamos, vamos, foi então que a febre os tomou...?

Brito cerrou os dentes para não dizer mais nada. Como, porém, o viessem chamar de dentro, acudiu depressa, e meia hora depois estava de volta, com a nova do segundo passamento. O choro, agora mais franco, posto que mais esperado, não havendo já de quem o esconder, trouxera a notícia ao sacristão.

— Lá se foi o outro, o irmão, o noivo... Que Deus lhes perdoe! Saiba agora tudo, meu amigo. Saiba que eles se queriam tanto que alguns dias depois de conhecido o impedimento natural e canônico do consórcio, pegaram em si e, fiados em serem apenas meios-irmãos e não irmãos inteiros, meteram-se em um *cabriolet* e fugiram de casa. Dado logo o alarme, alcançamos pegar o *cabriolet* em caminho da Cidade Nova, e eles ficaram tão pungidos e vexados da captura que adoeceram de febre e acabam de morrer.

Não se pode escrever o que sentiu o sacristão, ouvindo-lhe este caso. Guardou-o por algum tempo, com dificuldade. Soube os nomes das pessoas pelo obituário dos jornais, e combinou as circunstâncias ouvidas ao comendador com outras. Enfim, sem se ter por indiscreto, espalhou a história, só com esconder os nomes e contá-la a um amigo, que a passou a outro, este a outros, e todos a todos. Fez mais; meteu-se-lhe em cabeça que o *cabriolet* da fuga podia ser o mesmo dos últimos sacramentos; foi à cocheira, conversou familiarmente com um empregado, e descobriu que sim. Donde veio chamar-se a esta página a "anedota do *cabriolet*".

Páginas críticas
e comemorativas
÷÷÷÷÷

Gonçalves Dias

Discurso lido no Passeio Público, ao
inaugurar-se o busto de Gonçalves Dias

Sr. Prefeito do Distrito Federal,

A comissão que tomou a si erguer este monumento, incumbiu-me, como presidente da Academia Brasileira, de o entregar a V. Exa., como representante da cidade. O encargo é não somente honroso, mas particularmente agradável à Academia e a mim.

Se eu houvesse de dizer tudo o que este busto exprime para nós, faria um discurso, e é justamente o que os autores da homenagem não devem querer neste momento. Conta Renan que, uma hora antes dos funerais de George Sand, quando alguns cogitavam no que convinha proferir à beira da sepultura, ouviu-se no parque da defunta cantar um rouxinol. "Ah! eis o verdadeiro discurso!" disseram eles consigo. O mesmo seria aqui, se cantasse um sabiá. A ave do nosso grande poeta seria o melhor discurso da ocasião. Ela repetiria à alma de todos aquela canção do exílio que ensinou aos ouvidos da antiga mãe-pátria uma lição nova da língua de Camões. Não importa! A canção está em todos nós, com os outros cantos que ele veio espalhando pela vida e pelo mundo, e o som dos golpes de Itajuba, a piedade de I-Juca-Pirama, os suspiros de Coema, tudo o que os mais velhos ouviram na mocidade, depois os mais jovens, e daqui em diante ouvirão outros e outros, enquanto a língua que falamos for a língua dos nossos destinos.

Dizem que os cariocas somos pouco dados aos jardins públicos. Talvez este busto emende o costume; mas, supondo que não, nem por isso perderão os que só vierem contemplar aquela fronte que meditou páginas tão magníficas. A solidão e o silêncio são asas robustas para os surtos do espírito. Quem vier a este canto do jardim, entre o mar e a rua, achará o que se encontra nas capelas solitárias, uma voz interior, e dirá pelo rosário da memória as preces em verso que ele compôs e ensinou aos seus compatrícios.

E desde já ficam as duas obras juntas. Uma responderá pela outra. Nem V. Exa., nem os seus sucessores consentirão que se destrua este abrigo de folhas verdes, ou se arranque daqui este monumento de arte. Se alguém propuser arrasar um e mudar outro, para trazer utilidade ao terreno, por meio de uma avenida ou cousa equivalente, o Prefeito recusará a concessão, dizendo que este jardim, conservado por diversos regimes, está agora consagrado pela poesia, que é um regime só, universal, comum e perpétuo. Também pode declarar que a veneração dos seus grandes homens é uma virtude das cidades. E isto farão os Prefeitos de todos os partidos, sem agravo do seu próprio, porque o poeta que ora celebramos, fiel à vocação, não teve outro partido que o de cantar maravilhosamente.

Demais, se o caso for de utilidade, V. Exa. e os seus sucessores acharão aqui o mais útil remédio às agruras administrativas. Este busto consolará do trabalho acerbo e ingrato; ele dirá que há também uma prefeitura do espírito, cujo exercício não pede mais que o mudo bronze e a capacidade de ser ouvido no seu eterno silêncio. E repetirá a todos o nome de V. Exa., que o recebeu e o dos outros que porventura vierem contemplá-lo. Também aqui vinha, há muitos anos, desenfadar-se da véspera, sem outro encargo nem magistratura que os seus livros, o autor de *Iracema*. Se já estivesse aqui este busto, ele se consolaria da vida com a memória, e do tempo com a perenidade. Mas então só existiam as árvores. Bernardelli, que tinha de fundir o bronze de ambos, não povoara ainda as nossas praças com outras obras de artista ilustre. Olavo Bilac, que promoveu a subscrição de senhoras a que se deve esta obra, não afinara ainda pela lira de Gonçalves Dias a sua lira deliciosa.

Aqui fica entregue o monumento a V. Exa., Sr. Prefeito, aqui onde ele deve estar, como outro exemplo da nossa unidade, ligando a pátria inteira no mesmo ponto em que a história, melhor que leis, pôs a cabeça da nação, perto daquele gigante de pedra que o grande poeta cantou em versos másculos.

Um livro

Aqui está um livro que há de ser relido com apreço, com interesse, não raro com admiração. O autor que ocupa lugar eminente na crítica brasileira, também enveredou um dia pela novela, como Sainte-Beuve, que escreveu *Volupté*, antes de atingir o sumo grau na crítica francesa. Também há aqui um narrador e um observador, e há mais aquilo que não acharemos em *Volupté*, um paisagista e um miniaturista. Já era tempo de dar às *Cenas da vida amazônica* outra e melhor edição. Eu, que as reli, achei-lhes o mesmo sabor de outrora. Os que as lerem, pela primeira vez, dirão se o meu falar desmente as suas próprias impressões.

Talvez achem comigo que o título é exato, sem dizer tudo. São efetivamente cenas daquela vida e daquele meio; sente-se que não podem ser de outra parte, que foram vistas e recolhidas diretamente. Mas não diz tudo o título. Três, ao menos, das quatro novelas em que se divide o livro, são pequenos dramas completos. Tais o *Boto*, o *Crime do Tapuio* e a *Sorte de Vicentina*. O próprio *Voluntário da pátria* tem o drama na alma de tia Zeferina, desde a quietação na palhoça até aquele adeus que ela fica acenando na margem, não já ao filho, que a não pode ver, nem ela a ele, mas ao fumo do vapor que se perde ao longe no rio, como uma sombra.

Em todos eles, os costumes locais e a natureza grande e rica, quando não é só áspera e dura, servem de quadro a sentimentos ingênuos, simples e alguma vez fortes. O Sr. José Veríssimo possui o dom da simpatia e da piedade. As suas principais figuras são as vítimas de um meio rude, como Benedita, Rosinha e Vicentina, ou ainda aquele José Tapuio, que confessa um crime não existente, com o único fim de salvar uma menina, ou de "fazê bem pra ela", como diz o texto. Não se irritem os amigos da língua culta com a prosódia e a sintaxe de José Tapuio. Há dessas frases no livro, postas com arte e cabimento, a espaços, onde é preciso caracterizar melhor as pessoas. Há locuções da terra. Há a tecnologia dos usos e costumes. Ninguém esquece que está diante da vida amazônica, não toda, mas aquela que o Sr. José Veríssimo escolheu naturalmente para dar-nos a visão do contraste entre o meio e o homem.

O contraste é grande. A floresta e a água envolvem e acabrunham a alma. A magnificência daquelas regiões chega a ser excessiva. Tudo é inumerável e imensurável. São milhões, milhares e centenas os seres que vão pelos rios e igarapés, que espiam entre a água e a terra, ou bramam e cantam na mata, em meio de um concerto de rumores, cóleras, delícias e mistérios. O Sr. José Veríssimo dá-nos a sensação daquela realidade. A descrição do caminho que leva ao povoado do Ereré, através do "coberto", do "lavrado" e de um espaço sem nome, é das mais belas e acabadas do livro. Assim também a do Paru, ou antes a história do rio nas duas partes do ano, de verão e de inverno, um só lago intérmino ou muitos lagos grandes, as ilhas que nascem e desaparecem, com os aspectos vários do tempo e da margem.

Não são descrições trazidas de acarreto. As pessoas das narrativas vão para ali continuar a ação começada. No Paru, como o tempo é de "salga", a água é sulcada de canoas, a margem alastrada de barracas, o sussurro do trabalho humano espalha-se e cresce. Aí assistimos à morte trágica do pelintra de Óbidos, regatão de alguns dias, deixando uma triste moça defunta, amarela e magra. Adiante, por meio do "coberto" e do "lavrado", vemos correr Vicentina, com a filha de alguns meses "escarranchada nos quadris", fugindo à casa do marido, depois às onças, depois à solidão, que parece maior ali que em nenhuma parte; e ambas as cenas são das mais vivas do livro.

Ao pé do trágico, o mesquinho, o comum, o cotidiano da existência e dos costumes, que o autor pinta breve ou minuciosamente. Os pequenos quadros sucedem-se, como o da rua Bacuri, na cidade de Óbidos, à hora da sesta, ou no fim dela, quando "a natureza estira os braços num bocejo preguiçoso de quem deixa a rede". A rede é o móvel principal das casas; ela serve ao sono, ao descanso, à palestra, à indolência. Se a casa é pobre, pouco mais há que ela; mas, pouco ou muito, podemos fiar-nos da veracidade do autor, que não perde o que seja um rasgo de costumes ou possa avivar a cor da realidade. Vimos o regatão; veremos a benzedeira, a pintadeira de cuias, a mameluca, sem exclusão do jurado, do promotor, do presidente de província.

Nem falta aqui a observação fina e aguda. Uma senhora, a quem a tia Zeferina, que a criou, recorre chorando para que faça soltar o filho, preso para voluntário (como diziam aqui no Sul), ouve a mãe tapuia, tem sincera pena dela, promete que sim, fala do presidente da província, que é bom moço, do baile do dia 7 de Setembro, em palácio, a que ela foi: "uma festa de estrondo; as senhoras estavam todas vestidas de verde e amarelo; muitas tinham mandado vir o vestido do Pará, mas foi tolice, porque em Manaus arranjava-se um vestido tão bem como no Pará; o dela, por exemplo, foi muito gabado...". Já a tia Zeferina ouvira cousa análoga ao major Rabelo, seu compadre, quando lhe foi contar a prisão do filho, e ele rompeu furioso contra os adversários políticos. Todos os negócios pessoais se vão coçando assim naquela agonia errante. No *Boto*, é o próprio pai de Rosinha, que não escava muito as razões do abatimento mortal da filha, "por andar atarefado com as eleições".

Que ele também há eleições no Amazonas;[7] é o tempo da salga política, a quadra das barracas e dos regatões. Não nos dá um capítulo desses o Sr. José Veríssimo, naturalmente por lhe não ser necessário, mas a rivalidade da vila e do porto de Monte Alegre é um quadro vivo do que são raivas locais, os motivos que as acendem, a guerra que fazem e os ódios que ficam. Aqui basta a questão de saber se o correio morará no porto, embaixo, ou na vila em cima. E porque não há vitória sem foguetes, os foguetes vão contar às nuvens o despacho presidencial. A sessão do júri, no *Crime do Tapuio*, é outro quadro finamente acabado. Tudo sem sombra de caricatura. O embarque dos voluntários é outro, mas aí a emoção discreta acompanha os movimentos mal-ordenados dos homens. Nós os vimos desembarcar aqui, esses e outros, trôpegos e obedientes,

---

7. Aqui é empregada expressão equivalente à forma usada em francês para o verbo "haver" ou "existir", o "*il y a*".
A expressão "ele há" era comum entre falantes das camadas populares do norte de Portugal, com registro na literatura portuguesa da época. [LS]

marchando mal, mas enfim marchando seguros para a guerra que já lá vai.

Em tão várias cenas e lances, o estilo do Sr. José Veríssimo (salvo nos *Esbocetos*, cuja estrutura é diferente) é já o estilo correntio e vernáculo dos seus escritos posteriores. Já então vemos o homem-feito, de mão assentada, dominando a matéria. Há, a mais, uma nota de poesia, a graça e o vigor das imagens, que outra sorte de trabalhos nem sempre consentem. Aqui está a frente da casa do sítio em que Rosinha nasceu: "A palha da cobertura, não aparada, dava-lhe o aspecto alvar das crianças que trazem os cabelos caídos na testa". No tempo da pesca emigram, não só os homens, mas também os cães e os urubus. Os cães são magros e famintos: "Cães magros, com as costelas salientes, como se houvessem engolido arcos de barris...". Os urubus pousam nas árvores, alguma vez baixam ao solo, andando "com o seu passo ritmado de anjos de procissão". A umas árvores que há na grande charneca do "coberto", bastava mostrá-las por uma imagem curta e viva, "em posições retorcidas de entrevados". Mas não se contenta o nosso autor de as dizer assim: em terra tal, tudo há de vibrar ao calor do sol: "Dir-se-ia que o sol, que abrasa aquelas paragens, obriga-as a tais contorções violentas e paralisa-as depois...".

Há muitas dessas imagens originais e expressivas; melhor é lê-las ou relê-las intercaladas na narração e na descrição. Chateaubriand, escrevendo em 1834 a Sainte-Beuve, justamente a propósito de *Volupté*, que acabava de sair do prelo, pergunta-lhe admirado como é que ele, René, não achara tantas outras. "Comment n'ai-je pas trouvé *ces deux vieillards et ces deux enfants entre lesquels une révolution a passé...*"[8] etc. Desculpe a pontinha de vaidade, é de Chateaubriand, e alguma cousa se há de perdoar ao gênio. Mas, em verdade, mais de um de nós outros poderíamos dizer com sinceridade e modéstia como é que nos não acudiram tais e tais imagens do nosso autor, pois que elas trazem a feição de cousas antes saídas do tinteiro que compostas no papel.

Também é dado perguntar por que é que o Sr. José Veríssimo deixou logo um terreno que soube arrotear com fruto. Ele dirá, em uma nota, falando dos *Esbocetos*, que o fruto era da primeira mocidade. Vá que sim; mas as *Cenas* trazem outra experiência, e a boa terra não é esquecida, se se lhe encomenda alguma cousa com amor.

Até lá, fiquem-nos estas *Cenas da vida amazônica*. Mais tarde, algum crítico da escola do autor compulsará as suas páginas para restituir costumes extintos. Muito estará mudado. Onde José Tapuio lutou com a sicuriju até matá-la, outro homem estudará alguma nova força da natureza até reduzi-la ao doméstico. Coberto e lavrado darão melhor caminho às pessoas. Já agora, como disse nhá Miloca à mãe tapuia, os vestidos fazem-se tão bons em Manaus como em Belém. A política irá pelas tesouras da costureira, e a natureza agasalhará todas as artes, suas hóspedas. Tal crítico, se tiver o mesmo dom de análise do Sr. José Veríssimo, achará que um testemunho esclarecido é mais cabal que outro, e regalará os seus leitores dando-lhe este depoimento feito com emoção, com exação e com estilo.

8. "Como é que não encontrei esses dois velhos e essas duas crianças entre os quais se passou uma revolução", em tradução livre do francês. Na edição de 1906, o texto está parcialmente em itálico, o que foi mantido aqui. [HG]

Eduardo Prado

****

A última vez que vi Eduardo Prado foi na véspera de deixar o Rio de Janeiro para recolher a S. Paulo, dizem que com o germe do mal e da morte em si. Naquela ocasião era todo vida e saúde. Quem então me dissesse que ele ia também deixar o mundo, não me causaria espanto, porque a injustiça da natureza acostuma a gente aos seus golpes; mas, é certo que eu buscaria maneira de obter outras horas como aquela, em que me detivesse ao pé dele, para ouvi-lo e admirá-lo.

Só falamos de arte. Ouvi-lhe notícias e impressões, senti-lhe o gosto apurado e a crítica superior, tudo envolvido naquele tom ameno e simples, que era um relevo mais aos seus dotes. Não tínhamos intimidade; faltou-nos tempo e a prática necessária. Antes daquela vez última, apenas falamos três ou quatro, o bastante para considerá-lo bem e cotejar o homem com o escritor. Eduardo Prado era dos que se deixam penetrar sem esforço e com prazer. O que agora li a seu respeito na primeira mocidade, na escola e nos últimos anos, referido por amigos que parecem não o esquecer mais, confirma a minha impressão pessoal. Aliás, os seus escritos mostravam bem o homem. Apanhava-se o sentimento da harmonia que ajustava nele a vida moral, intelectual e social.

Principalmente artista e pensador, possuía o divino horror à vulgaridade, ao lugar-comum e à declamação. Se entrasse na vida política, que apenas atravessou com a pena, em dias de luta, levaria para ela qualidades de primeira ordem, não contando o *humour*, tão diverso da chalaça e tão original nele. Mas a erudição e a história, não menos que a arte, eram agora o seu maior encanto. Sabia bem todas as cousas que sabia.

Naturalmente remontei comigo, durante aquela boa hora, e ainda depois dela, ao tempo das cartas de viagem que nos deu tão rica amostra de um grande talento que viria a crescer e subir. A matéria em si convidava ao egotismo, mas ele não padecia desse mal. Também faria correr o risco da repetição de cousas vistas e pintadas, que se não acha aqui. A faculdade de ver claro e largo, a arte de dizer originalmente a sensação pessoal, ele as possuía como os principais que hajam andado as terras ou rasgado os mares deste mundo. Invenção de estilo, observação aguda, erudição discreta e vasta, graça, poesia e imaginação produziram essas páginas vivas e saborosas. Aquela partida de Nápoles, sob um céu chuvoso e de chumbo, não se esquece. Relê-se com encanto essa explicação do tempo áspero, durante o qual o céu napolitano se recompõe, para começar novamente a ópera "com os coros de pescadores e as barcarolas, a música de luz e de azul". Assim a África, assim todas as partes onde quer que este brasileiro levou a ânsia de ver homens e cousas, cidades e costumes, a natureza vária entre ruínas perpétuas, através de regiões remotas...

Conta-se que ele chorou, quando morreu Eça de Queirós. Agora, que ambos são mortos, alguém que imaginasse e escrevesse o encontro das duas sombras, à maneira de Luciano,[9] daria uma curiosa página de psicologia. As confabulações de tais espíritos são dignas de memória. Sterne escreveu que "um dia, conversando com Voltaire..." e imagina-se o que diriam eles. Imagina-se o que diriam, todas as noites, Stendhal e Byron, passeando no solitário *foyer* do teatro Scala. Quando Montaigne ouvia as histórias que Amyot lhe ia contar, podemos ver a delícia de ambos e admitir que as visitas continuam no outro mundo. Assim se podia dizer do Eça e do Eduardo, por um texto que exprimisse o talento, o amor das cousas finas e belas, e, enfim, a grande simpatia que um inspirava ao outro.

Quando me despedi de Eduardo Prado, naquele dia, vim perguntando a mim mesmo se teria vida bastante para ler e admirar as obras-primas que esse talentoso brasileiro levava no cérebro em gestação, ou em germe, e durante muitos anos viriam abastecer a nossa língua e a nossa terra. Seis dias depois, era ele que morria. Chamei injusta à natureza; bastaria dizer — indiferente.

---

9. Luciano de Samósata, escritor satírico e filósofo do século II, é autor de *Diálogo dos mortos*, entre muitas outras obras, e uma das grandes referências de Machado de Assis. [HG]

Antônio José

****

Um dia destes, relembrando uma passagem da tragédia que Magalhães consagrou à memória de Antônio José, adverti na resposta dada pelo judeu ao conde de Ericeira, quando este lhe recomenda que imite Molière; o judeu responde que Molière escrevia para franceses e ele não. Será essa resposta a rigorosa expressão da verdade? Antônio José não se modelou, certamente, pelas obras do grande cômico, não cogitou jamais da simples pintura dos vícios e dos caracteres. Molière caminhou do *Médico volante* e dos *Zelos de Barbouillé* à *Escola das mulheres* e ao *Tartufo*; Antônio José não passou das *Guerras do alecrim e manjerona*, e, dado que tentasse fazê-lo, é certo que não poderia ir muito além. Não tinha centro apropriado, nem largas vistas; faltavam-lhe outros meios, outros intuitos; e, se porventura entrou em seu espírito reatar a tradição de Gil Vicente, levantando sobre os alicerces lançados por esse operário do século XVI as paredes de um teatro regular, convinha justamente não imitar nada, nem ninguém, não se fazer Molière, nem Plauto, ficar Antônio José; é a condição das obras vivas.

Interpretada desse modo, é exata e verdadeira a resposta que Magalhães põe na boca do judeu; mas só desse modo. O *Anfitrião* prova que o nosso poeta alguma cousa imitou e transplantou de Molière, a tal ponto que forçosamente o tinha diante de si, ou na banca de trabalho ou na memória; e, porque esta observação não haja sido feita, cuido que interessará, quando menos, a título de curiosidade literária. Ao mesmo tempo, direi o que me parece do escritor e da sua obra.

E, antes de mais nada, ocorre ponderar que Antônio José goza de uma reputação sobre palavra. A fogueira de 18 de outubro de 1739 iluminou-lhe a figura de maneira que o puderam ver todos os olhos; a tragédia do Sr. Magalhães vulgarizou-o entre as nossas plateias de há 40 anos; mas só os estudiosos o terão lido, e nem todos, porque a tarefa exige constância e esforço, embora de certo modo os pague. Pode-se dizer, sem erro, que ele pertence à família dos poetas cômicos, qualquer que seja o grau de parentesco, — com a circunstância que era um desperdiçado, — trocava a boa moeda do cômico pelo cobre vulgar do burlesco. Mas, poeta cômico era-o, e de boa veia; — mais decerto que Nicolau Luís, que lhe sucedeu na estima das plateias de Lisboa, mais ainda que Manuel de Figueiredo, cujas intenções literárias abafaram, talvez, a livre expansão do engenho, e que aliás escrevia de si mesmo que — "havendo-se enganado consigo em infinitas cousas, nunca se preocupou de que tinha graça". Acresce que o fim trágico do judeu comunica às suas páginas alegres e juvenis um reflexo de simpática melancolia, que ainda mais nos convida a percorrê-las e estudá-las. A piedade não é decerto razão determinativa em pontos de crítica, e tal poetastro haverá que, sucumbindo a uma grande injustiça social, somente inspire compaixão sem desafiar a análise. Não é o caso de Antônio José; este mereceria por si só que o estudássemos, ainda despido das ocorrências trágicas que lhe circundam o nome.

Nenhuma das comédias do judeu se pode dizer excelente e perfeita; há porém graus entre elas, e a todas sobreleva a das *Guerras do alecrim e manjerona*. Nesta, como nas demais, nota-se decerto muita espontaneidade, viveza de diálogo, graça de estilo, variedade de situações, e certo conhecimento de cena; mas a alma de todas elas não é grande; vive-se ali de enredo e de aparato. Se ao poeta foi estranha a invenção dos caracteres e a pintura dos vícios, não menos o foi a transcrição dos costumes locais. Salvo o *Alecrim e manjerona*, todas as suas peças são inteiramente alheias à sociedade e ao tempo; a *Esopaida* tem por base um assunto antigo; a *Vida de D. Quixote* põe em cena o personagem de Cervantes; as outras peças são todas mitológicas. Podiam estas, não obstante o rótulo, conter a pintura dos costumes e da sociedade cujo produto eram; mas, conquanto em tais composições influa muito o moderno, não se descobre nelas nenhuma intenção daquela natureza.

Ao contrário, a intenção quase exclusiva do poeta era a galhofa, e tal galhofa que transcendia muita vez as raias da conveniência pública. Nenhuma de suas peças, — óperas é o nome clássico, — nenhuma é isenta de expressões baixas e até obscenas, com que ele, segundo lhe arguia um prelado, "chafurdou na imundície". Tinha razão o prelado, mas não basta ter razão; cumpre saber tê-la. Ora, a baixeza e a obscenidade das locuções não eram novidade na cena portuguesa, nem na de outros países; e, deixando de ir agora a exemplos estranhos à nossa língua, basta lembrar que o *Cioso*, de Ferreira, do culto autor da *Castro*, foi dado por Figueiredo com a declaração de ter sido "expurgado segundo o melindre dos ouvidos do nosso século". Gil Vicente, sem embargo de se representarem suas peças na corte de D. João III e D. Manuel, adubava-as às vezes de espécies que nos parecem hoje bem pouco esquisitas. As óperas do judeu eram dadas num teatro popular; não as ouvia a corte de D. João V, mas o povo e os burgueses de Lisboa, cujas orelhas não teriam ainda os melindres que mais tarde lhes atribuiu Figueiredo. A diferença entre Antônio José e os outros era afinal uma questão de quantidade; mas, se o tempo lho permitia e, com o tempo, a censura, que muito é que o poeta reincidisse? Não é isto escusá-lo, mas explicá-lo. Deixemos os trocados e equívocos, que são um chiste de mau gosto, mácula de estilo, que o poeta exagerou até à puerilidade, cedendo a si mesmo e ao riso das plateias. Outro defeito que se lhe argui, é o tom guindado e os arrebiques de conceito, que se notam em muitas falas de certos personagens, os deuses, príncipes e heróis. Um de seus biógrafos, comparando o estilo de tais personagens com o dos criados e pessoas ínfimas, que são simples e naturais, supõe que houve no poeta intenção satírica, opinião que me parece carecer de fundamento, entre outras razões porque não há sempre aquela diferença de estilo, e não é raro falarem os principais personagens do mesmo modo natural e reto, que os de condição inferior. Guindam-se muita vez, mas era achaque do tempo e exageração na maneira de empregar o estilo nobre, porque havia então um estilo nobre; e, se o judeu teve alguma vez intenção satírica, arrebicando ou empolando a expressão, tal intenção foi somente literária e nenhuma outra. Que diremos dos anacronismos de linguagem? Esses são constantes e excessivos. Os dobrões de Alcmena, a alcunha de *alfacinha* dada a Anfitrião, Juno crismada em Felizarda, um criado antigo "de corpo à inglesa", outro com "relógio de pendurucalhos", deviam promover a gargalhada franca do povo. Esse fugir do meio e da ação para a realidade presente vai algumas vezes além, como na *Esopaida*, em que o herói, falando de sua vida, diz que anda em livros pelo mundo — "e agora me dizem que se está representando no Bairro Alto". Já na *Vida de D. Quixote* havia o poeta posto a mesma cousa na boca de Sancho, quando o cavaleiro, vendo um barco amarrado, pergunta ao escudeiro: — "Sabes onde estamos? — Sei bem. — Aonde? — No Bairro Alto". O judeu podia responder que tal sestro foi o de Regnard e o de Boursault, por exemplo, que pôs o seu Esopo a tomar café e meteu com ele esposas de tabeliães; podia citar muitos outros exemplos anteriores e contemporâneos, e a crítica se incumbiria de apontar os que vieram depois dele; mas não vale a pena.

Venhamos ao *Anfitrião*. Um erudito escritor, o Sr. Teófilo Braga, supõe que a intenção do poeta, nessa comédia, foi pintar em Júpiter a pessoa de D. João V, suposição que detidamente examinei e me parece inteiramente gratuita. Cuido que o crítico faz de uma coincidência um propósito, e fundamenta a sua suspeita na possível analogia das aventuras do deus pagão e do rei cristão. A analogia podia ser um elemento de prova, mas desacompanhada de outras não faz chegar a nenhum resultado definitivo. Ora, basta ler o *Anfitrião*, basta comparar a situação do poeta e o tempo para varrer do espírito semelhante hipótese. Certo, não faltava audácia ao poeta; aí está, como exemplo, a definição da justiça, feita por Sancho, na *Vida de D. Quixote*; mas entre a generalidade desse trecho e a sátira pessoal do *Anfitrião* vai um abismo. Ocorre-me que do *Anfitrião* de Molière também se disse ser alusão a Luís XIV, com a diferença que em França não se atribuiu a Molière a intenção de ferir, mas de ser agradável ao rei, que lhe havia encomendado aquela apoteose de suas próprias aventuras, opinião esta que foi de todo condenada. Não, não há motivo para atribuir a Antônio José a intenção que lhe supõe o Sr. Teófilo Braga; e, se tal intenção existisse, o desenlace da comédia, quando Júpiter se declara acima da lei, viria a ser de um sarcasmo tão cru que não alcançaríamos compreendê-lo naquele século.

Evidentemente, o judeu achou na aventura pagã o mesmo que lhe acharam Plauto, Molière e Camões, — um assunto prestadio às combinações cênicas, e, demais, singularmente próprio para as chufas do Bairro Alto. Desnecessário é dizer os trâmites dessa travessura de Júpiter, que, namorado de Alcmena, toma a figura do marido e vai à casa dela, acompanhado de Mercúrio, que copia as feições de Sósias, criado de Anfitrião. O nosso poeta seguiu no principal a fábula que encontrou nos antecessores, fazendo-lhe todavia as alterações suscitadas pelo gosto próprio e das plateias. Assim, o Sósias de Plauto, de Molière e de Camões é na peça de Antônio José um Saramago. Não lhe mudou ele o essencial; trocando-lhe o nome, obedeceu ao sistema de dar aos criados nomes burlescos. O de Jasão,[A] nos *Encantos de Medeia*, chama-se Sacatrapos; há nas outras óperas um Caranguejo, um Esfusiote, um Chichisbéu. São nomes, não valem mais que nomes. Nem Molière chamou Dandin ao principal personagem de uma de suas comédias senão para o caracterizar desde logo de um modo jovial; não pretendeu outra cousa. Contudo, a observação em relação a Antônio José tem o valor de um rasgo significativo.

Cotejando o *Anfitrião* de Antônio José com os de seus antecessores, vê-se o que ele imitou dos modelos, e o que de sua casa introduziu. Já disse que no principal os seguiu a todos; mas nem sempre soube escolher, e darei disso um exemplo claro. Camões, que não sendo poeta cômico, era todavia homem de tato e gosto, corrigiu, antes de Molière, o desenlace do *Anfitrião* de Plauto. Na comédia deste, logo depois de explicar Júpiter os equívocos da situação e de anunciar ao marido de Alcmena que o filho desta é seu, mostra-se Anfitrião inteiramente satisfeito e glorioso com o desenlace. Camões suprimiu tão singular contentamento, e o mesmo fez Molière; em ambos os poetas Anfitrião ouve silencioso as declarações do pai dos deuses, sem que Alcmena assista a elas. Antônio José não só não seguiu nessa parte os modelos recentes, mas até carregou a mão sobre o que imitou de Plauto. A alegria do seu Anfitrião e da sua Alcmena é tão franca, tamanho é o alvoroço dos dous esposos, que realmente chega a ofender as leis da verossimilhança, ainda tratando-se de um caso divino. Neste ponto Antônio José foi antes inadvertido do que obrigado do gosto público. Outro caso. Nas comédias anteriores não há nenhum lugar em que Alcmena veja ao mesmo tempo os dois Anfitriões, e isto não só era necessário para prolongar e justificar os equívocos, mas até o exigia a verossimilhança, porque, desde que Alcmena chegasse a ver juntos os dous exemplares exatos do marido, saía da boa-fé que serve de fundamento à sua ilusão, para cair no maravilhoso e no inextricável. E é justamente o que acontece na comédia do judeu.

Vamos agora ao que o judeu imitou diretamente de Molière. Há na comédia daquele um caráter, o de Cornucópia, mulher de Saramago, que não tem equivalente na de Plauto, nem na de Camões, e que só na de Molière existe. "Molière (é observação de La Harpe), fazendo de Cleantis[A] mulher de Sósias, inventou uma situação paralela à de Anfitrião e Alcmena, dando-lhe porém diferente aspecto; Cleantis pertence ao número das esposas que, por serem honestas, cuidam ter o direito de ser insuportáveis." Ora bem, a situação e o caráter de Cleantis transportou-os o judeu para o seu *Anfitrião*, e não se pode dizer encontro fortuito, senão deliberado propósito. Basta cotejá-los com espírito advertido; a diferença é de tom, de estilo; substancialmente, a invenção é a mesma; as próprias ideias reproduzem-se às vezes na obra do judeu. Assim, logo na cena em que Mercúrio transformado em Saramago (Sósias) encontra a mulher deste, achamos o traço comum aos dois poetas.

Na comédia de Molière:

CLEANTIS
Regarde, traitre, Amphytrion;
Vois comme pour Alcmène il étale de flamme;
Et rougis là-dessus du peu de passion
    Que tu témoignes pour ta femme.

MERCÚRIO
Hé! mon Dieu! Cléanthis, ils sont encore amants.
    Il est certain âge où tout passe;

Et ce qui leur sied bien dans ces commencements,
En nous, vieux mariés, aurait mauvaise grâce.
Il nous ferait beau voir, attachés face à face,
    A pousser les beaux sentiments!

CLEANTIS
Mérites-tu, pendard, cet insigne bonheur
De te voir pour épouse une femme d'honneur?

MERCÚRIO
Mon Dieu! tu n'es que trop honnête;
Ce grand honneur ne me vaut rien.
Ne sois point si femme de bien,
Et me romps un peu moins la tête.[10]

Agora Antônio José:

CORNUCÓPIA
Também nosso amo trazia bastante fome, e contudo está dizendo à nossa ama tanta cousa galantinha que faria derreter uma pedra.

10. Os trechos citados em francês são assim traduzidos por Guedes de Oliveira em edição portuguesa da peça: "CLEANTIS: Põe os olhos em Anfitrião! Vê como ele anda babado por Alcmena! Compara-o contigo, e cora, pela pouca paixão que tens pela tua mulher.// MERCÚRIO: Mas, por Deus! Cleantis, eles ainda estão na lua de mel. Há certa idade, em que tudo se desvanece: o que agora, nestes princípios, a eles lhes fica bem, em nós, velhos casados, seria puro ridículo. Que lindo, se agora nos vissem, cara com cara, aos beijinhos!// CLEANTIS: Mariola! Pensas talvez merecer a sorte que te coube de ter uma esposa que é uma mulher honrada?// MERCÚRIO: Honrada demais; a tua grande honra não me vale nada. Não seja tão mulher de bem, e quebra-me menos a cabeça" (*Anfitrião: Comédia em 3 atos*. Porto: Chardron, 1927, pp. 31-2). [HG]

MERCÚRIO

Com que é o mesmo nossos amos do que nós? Eles casadinhos de um ano, e nós há um século? Eles senhores e rapazes, e nós velhos e moços?[11] Eles dous jasmins e nós dous lagartos? E finalmente eles com amor, e nós, ou pelo menos eu, sem nenhum?

CORNUCÓPIA

Ora o certo é que pior é fazer festa a vilões ruins; por estas, que se tu conheceras a mulher que tens, que outra cousa fora; talvez que se eu fora alguma dessas bonecrinhas enfeitadas que me quiseras mais; porém a culpa tenho eu em não aceitar o que me davam nas tuas costas.

MERCÚRIO

Pois ainda estás em tempo...

Trata-se, como se vê, de um caráter e de uma situação integralmente transcritos, embora de outro jeito, cedendo o poeta aos seus hábitos literários, à sua índole e ao seu meio. Nem é somente na introdução do caráter de Cornucópia, e na situação dos dous personagens, que Antônio José revela ter diante de si ou na memória a peça de Molière, há ainda outro vestígio; há uma ideia na cena em que Júpiter se despede de Alcmena, — ideia que o judeu expressa deste modo:

---

11. Criados. [NA]

ALCMENA

Este amor nasce da obrigação.

JÚPITER

Pois quisera que esta fineza nascera mais do teu amor que da tua obrigação.

ALCMENA

A obrigação de amar ao esposo supera toda a obrigação.

JÚPITER

Pois mais devera que me quiseras como a amante que como a esposo.

ALCMENA

Não sei fazer esta diferença, pois não posso amar-te como a esposo,ᴬ sem que te ame como a amante.

Na comédia de Molière:

JÚPITER

En moi, belle et charmante Alcmène,
Vous voyez un mari, vous voyez un amant;
Mais l'amant seul me touche, à parler
[franchement;
Et je sens près de vous que le mari me gêne.
Cet amant, de vos vœux jaloux au dernier point,
Souhaite qu'à lui seul votre amour s'abandonne.

ALCMENA
Je ne sépare point ce qu'unissent les dieux;
Et l'époux et l'amant me sont fort précieux.[12]

Se, neste ponto, já se não trata de uma situação, de um caráter novo, mas de uma ideia entrelaçada no diálogo, importa repetir que, ainda imitando ou recordando, o judeu se conserva fiel à sua fisionomia literária; pode ir buscar a especiaria alheia, mas há de ser para temperá-la com o molho da sua fábrica. Dessa inclinação ao baixo-cômico achamos outro exemplo na *Esopaida*, cujo assunto fora tratado, antes dele, por Boursault. O caráter tradicional de Esopo era pouco apropriado à comédia: é um moralista, um autor de apólogos, mas Boursault trouxe-o assim mesmo para a cena, único modo de lhe conservar a cor original. O Esopo de Antônio José parece antes um exemplar apurado daqueles lacaios argutos e atrevidos da comédia clássica; salvo dous ou três lugares, é outro gênero de Sacatrapos ou Chichisbéu; figura ali com agudezas e trocadilhos. Há destes extremamente bufões, como o da bacia das almas, e disso e de pouco mais se compõe a filosofia de Esopo. Não obstante essa cor geral, notam-se ali toques de bom cômico, embora leves e a

---

12. Os trechos são assim traduzidos na edição citada anteriormente: "JÚPITER: Em mim, bela e encantadora Alcmena, vês um marido; não vês o amante; e o amante, para te ser franco, é que me preocupa; a teu lado sinto que o marido o incomoda. Este amante, ciumento em extremo, deseja que o teu coração se lhe entregue em absoluto.// ALCMENA: Eu não separo o que os deuses uniram: amante e esposo preciosos são" (Ibid., pp. 29-30). [HG]

espaços. Há também, e principalmente, a veia satírica, na cena que quase todos os seus biógrafos transcrevem, — a das teses dos filósofos, cena extremamente chistosa, e que o próprio Dinis, com toda a sua veia do *Hissope* e do *Falso heroísmo*, não sei se chegaria a fazer mais acabada. Compare-se essa cena com a da invasão do Parnaso pelos maus poetas, na *Vida de D. Quixote*, e ver-se-á que havia no talento de Antônio José uma forte dose de sátira, — o que, de certa maneira, lhe diminuía a força cômica. Nessas duas peças é, aliás, sensível a habilidade teatral do poeta, que não tinha propriamente uma ação em nenhuma delas, e, não obstante, logrou condensar a vida dos episódios, manter a unidade do interesse e angariar o aplauso público. Acresce que o seu D. Quixote não tem o defeito capital do seu Esopo; o poeta soube dar-lhe alguns toques da ingenuidade sublime, que caracteriza o tipo de Cervantes: é o que se vê logo, na exposição, quando D. Quixote responde ao barbeiro acerca da armada que se prepara para combater o turco: — "Para que se cansam com tantas máquinas? diz ele. Eu lhes dera um bom arbítrio com que, em menos de uma hora, vençam quantas armadas e armadilhas o turco tiver". É ocioso dizer que o arbítrio seria a cavalaria andante.

De todas as comédias, porém, a que goza as honras da primazia, é a das *Guerras do alecrim e manjerona*, e com razão; é a mais acabada e a mais cômica. Tem o gosto do tempo, e até um ressaibo da maneira de Calderón, que de si mesmo escrevia:

> Es comedia de Don Pedro
> Calderón, d'onde hade haber, →

> Por fuerza, amante escondido
> Y rebozada mujer.[13]

Há ali com efeito mulheres rebuçadas e amantes escondidos, e tanta vida como nas peças de Calderón.

Não trato aqui do fato que poderia ter dado lugar à obra do judeu, nem das dúvidas de Costa e Silva sobre se os dois *ranchos* do *alecrim* e da *manjerona* existiam antes da comédia, ou se esta os fez nascer;[14] é investigação que não vale a pena de um minuto, e aliás o texto do poeta é claro. Em tudo se avantaja o *Alecrim e manjerona*, até na linguagem, que é aí muito menos obscena que nas outras, diferença que se pode atribuir ao progresso do talento, porquanto já no *Labirinto de Creta* se dá o mesmo fenômeno. Não direi, como Garrett, que essa peça teria hoje todo o valor de uma comédia histórica; mas assim mesmo, quem lhe vê as figuras, a século e meio de distância, parece contemplar uma gravura em que elas conservam as feições e o vestuário do tempo, — os namorados pobres, o velho avarento que arde por se ver livre das sobrinhas, e que, ao anunciarem-lhe a chegada do pretendente provinciano, manda deitar "mais um ovo nos espinafres", D. Tibúrcio, as duas damas, o Semicúpio e a velha Fagundes, todo o pessoal da antiga farsa.

---

13. "É comédia de Dom Pedro/ Calderón, onde há de haver,/ Por força, amante escondido/ E encoberta mulher", em tradução livre do espanhol. [KO]
14. José Maria da Costa e Silva, poeta, crítico e historiador português, faz esse questionamento no tomo X do seu *Ensaio biográfico-crítico sobre os melhores poetas portugueses* (1850-5). [HG]

Superior às outras composições, como estilo e originalidade, não menos o é como viveza, graça e movimento: e, se a farsa domina, não é tanto que não apareça a comédia. Basta apontar, por exemplo, a cena da consulta médica, por ocasião do desastre de D. Tibúrcio, que é uma das melhores do teatro do judeu, e não ficaria vexada se a puséssemos ao lado das de Molière e Gil Vicente. Para não faltar nada, há também aforismos latinos, e até uma copla latina, digna de Molière. Podemos considerar o *Alecrim e manjerona* como uma das melhores comédias do século XVIII.

Ler o *Alecrim e manjerona*, o *Anfitrião*, a *Esopaida* e o *D. Quixote*, é avaliar todo o poeta, com suas qualidades boas e más, com o jeito do seu espírito e influência do seu tempo. Nicolau Luís, Figueiredo, Dinis e Garção,[15] no mesmo século, tiveram talvez mais intenção cômica do que Antônio José, mas os meios deste eram maiores, possuíam outra virtualidade, outra espontaneidade, outra abundância. Dir-se-á que, se a Inquisição o deixara viver, Antônio José produziria alguma obra de esfera superior? Repito: não creio que ele subisse muito acima do *Alecrim e manjerona*; iria talvez ao ponto de fazer alguma cousa parecida com o *Avaro*, mas não faria todo o *Avaro*.

Agora, a século e meio de distância, podemos afirmar que Antônio José foi um destino decapitado. Qualquer que fosse a natureza do seu engenho, é fora de

---

15. Os autores citados com partes de seus nomes, o que sugere a familiaridade de Machado de Assis com seus escritos, são: Nicolau Luís, Manuel de Figueiredo, Antônio Dinis da Cruz e Silva e Pedro Antônio Correia Garção, figuras proeminentes do teatro português do século XVIII. [HG]

dúvida que o auto de fé[A] em que ele pereceu, devorou com a mesma flama assaz de páginas alegres e vivazes. A prova de que o teatro poderia ainda esperar muito de Antônio José, está na comparação das obras dele com a vida dele. Era um cristão-novo, como tal suspeitado e perseguido; aos vinte e um anos padeceu um primeiro processo, e sabe-se que terríveis eram os processos inquisitoriais; basta dizer que o delinquente revelou todos os seus cúmplices em judaísmo, com a maior franqueza e minuciosidade, o que se pode explicar pela tenra idade do poeta, mas também pelo terror que o tribunal infundia, não menos que pela exortação mansa com que os inquisidores extorquiam a confissão de todos os erros e a denúncia de todos os cúmplices, — sem prejuízo, aliás, do cárcere e da polé. Pois bem, não obstante os vestígios e as lembranças desse primeiro ato da Inquisição, não obstante o espetáculo do que padeciam os seus, as óperas de Antônio José trazem o sabor de uma mocidade imperturbavelmente feliz, a facécia grossa e petulante, tal como lha pedia o paladar das plateias, nenhum vislumbre do episódio trágico, salvo uns versos do *Anfitrião* que se creem, (e, quanto a mim, sem outro fundamento além da conjectura) como aplicáveis a ele mesmo. Mas ainda supondo que a conjectura tenha razão, admitindo mais que a alegoria da justiça na *Vida de D. Quixote* seja o resumo das queixas pessoais do poeta (suposição tão frágil como aquela), a verdade é que os sucessos da vida dele não influíram, não diminuíram a força nativa do talento, nem lhe torceram a natureza, que estava muito longe da hipocondria. Molière, que, se nem sempre teve flores no caminho, não conheceu o ínfimo dos padecimentos de Antônio José, foi o criador de Alceste; o nosso judeu, dado que tivesse a mesma intensidade de talento, não escolheria nunca o assunto do *Misantropo*.

Nisto, menos que em nenhuma outra cousa, imitaria ele o grande mestre. Não lhe fossem propor graves problemas, nem máximas profundas, nem os caracteres, nem as altas observações que formam o argumento das comédias de outra esfera, nem sobretudo as melancolias de Molière e Shakespeare. O nosso judeu era a farsa, a genuína farsa, sem outras pretensões, sem mais remotas vistas que os limites do seu bairro e do seu tempo. Certo, eu posso hoje, à fina força, arrancar alguma ideia inicial das óperas do judeu; por exemplo, ao ver nos *Encantos de Medeia* a dedicação da feiticeira de Colcos, que trai os deveres filiais e põe todas as suas artes ao serviço de Jasão, ao ponto de lhe entregar o velocino e ao ver que, apesar de tudo isto, o príncipe foge com Creusa, posso, digo eu, atribuir ao poeta a intenção de que o reconhecimento não é o caminho do amor e que um coração pode ser legitimamente ingrato. Seria lógico, seria bem deduzido da ação, mas não passaria de obra da crítica, inteiramente alheia à intenção do poeta, que achou no assunto uma farsa de tramoias e nada mais. Esta é a última conclusão que rigorosamente se pode tirar do poeta. Ele não imitou, não chegaria a imitar Molière, ainda que repetisse as transcrições que fez no *Anfitrião*; tinha originalidade, embora a influência das óperas italianas. Convenhamos que era um engenho sem disciplina, nem gosto, mas característico e pessoal.

Não consultes médico

÷÷÷÷÷

Pessoas

D. LEOCÁDIA
D. ADELAIDE
D. CARLOTA
CAVALCANTE
MAGALHÃES

Um gabinete em casa de Magalhães,
na Tijuca

Cena I
MAGALHÃES, D. ADELAIDE
(*Magalhães lê um livro, D. Adelaide folheia um livro de gravuras.*)

MAGALHÃES
Esta gente não terá vindo?

D. ADELAIDE
Parece que não. Já saíram há um bom pedaço; felizmente o dia está fresco. Titia estava tão contente ao almoço! E ontem? Você viu que risadas que ela dava, ao jantar, ouvindo o Dr. Cavalcante? E o Cavalcante sério. Meu Deus, que homem triste! que cara de defunto!

MAGALHÃES
Coitado do Cavalcante! Mas que quererá ela comigo? Falou-me em um obséquio.

D. ADELAIDE
Sei o que é.

MAGALHÃES

Que é?

D. ADELAIDE

Por ora é segredo. Titia quer que levemos Carlota conosco.

MAGALHÃES

Para a Grécia?

D. ADELAIDE

Sim, para a Grécia.

MAGALHÃES

Talvez ela pense que a Grécia é em Paris. Eu aceitei a legação de Atenas porque não me dava bem em Guatemala, e não há outra vaga na América. Nem é só por isso; você tem vontade de ir acabar a lua de mel na Europa... Mas então Carlota vai ficar conosco?

D. ADELAIDE

É só algum tempo. Carlota gostava muito de um tal Rodrigues, capitão de engenharia, que casou com uma viúva espanhola. Sofreu muito, e ainda agora anda meia triste;[A] titia diz que há de curá-la.

MAGALHÃES
(*rindo*)

É a mania dela.

D. ADELAIDE
(*rindo*)
Só cura moléstias morais.

MAGALHÃES
A verdade é que nos curou; mas, por muito que lhe paguemos em gratidão, fala-nos sempre da nossa antiga moléstia. "Como vão os meus doentezinhos? Não é verdade que estão curados?"

D. ADELAIDE
Pois falemos-lhe nós da cura, para lhe dar gosto. Agora quer curar a filha.

MAGALHÃES
Do mesmo modo?

D. ADELAIDE
Por ora não. Quer mandá-la à Grécia para que ela esqueça o capitão de engenharia.

MAGALHÃES
Mas, em qualquer parte se esquece um capitão de engenharia.

D. ADELAIDE
Titia pensa que a vista das ruínas e dos costumes diferentes cura mais depressa. Carlota está com dezoito para dezenove anos; titia não a quer casar antes dos vinte. Desconfio que já traz um noivo em mente,

um moço que não é feio, mas tem o olhar espantado.

MAGALHÃES
É um desarranjo para nós; mas, enfim, pode ser que lhe achemos lá na Grécia algum descendente de Alcibíades que a preserve do olhar espantado.

D. ADELAIDE
Ouço passos. Há de ser titia...

MAGALHÃES
Justamente! Continuemos a estudar a Grécia. (*Sentam-se outra vez, Magalhães lendo, D. Adelaide folheando o livro de vistas.*)

Cena II
OS MESMOS E D. LEOCÁDIA

D. LEOCÁDIA
(*para à porta, desce pé ante pé, e mete a cabeça entre os dous*)
Como vão os meus doentezinhos? Não é verdade que estão curados?

MAGALHÃES
(*à parte*)
É isto todos os dias.

D. LEOCÁDIA
Agora estudam a Grécia; fazem muito bem. O país do casamento é que vocês não precisaram estudar.

D. ADELAIDE
A senhora foi a nossa geografia, foi quem nos deu as primeiras lições.

D. LEOCÁDIA
Não diga lições, diga remédios. Eu sou doutora, eu sou médica. Este (*indicando Magalhães*), quando voltou de Guatemala, tinha um ar esquisito; perguntei-lhe se queria ser deputado, disse-me que não; observei-lhe o nariz, e vi que era um triste nariz solitário...

MAGALHÃES
Já me disse isto cem vezes.

D. LEOCÁDIA
(*voltando-se para ele e continuando*)
Esta (*designando Adelaide*) andava hipocondríaca. O médico da casa receitava pílulas, cápsulas, uma porção de tolices que ela não tomava, porque eu não deixava; o médico devia ser eu.

D. ADELAIDE
Foi uma felicidade. Que é que se ganha em engolir pílulas?

D. LEOCÁDIA
Apanham-se moléstias.

D. ADELAIDE
Uma tarde, fitando eu os olhos de Magalhães...

D. LEOCÁDIA
Perdão, o nariz.

D. ADELAIDE
Vá lá. A senhora disse-me que ele tinha o nariz bonito, mas muito solitário. Não entendi; dous dias depois, perguntou-me se queria casar, eu não sei que disse, e acabei casando.

D. LEOCÁDIA
Não é verdade que estão curados?

MAGALHÃES
Perfeitamente.

D. LEOCÁDIA
A propósito, como irá o Dr. Cavalcante? Que esquisitão! Disse-me ontem que a cousa mais alegre do mundo era um cemitério. Perguntei-lhe se gostava aqui da

Tijuca, respondeu-me que sim, e que o Rio de Janeiro era uma grande cidade. "É a segunda vez que a vejo, disse ele; eu sou do Norte. É uma grande cidade, José Bonifácio é um grande homem, a rua do Ouvidor um poema, o chafariz da Carioca um belo chafariz, o Corcovado, o gigante de pedra, Gonçalves Dias, os *Timbiras*, o Maranhão..." Embrulhava tudo a tal ponto que me fez rir. Ele é doudo?

MAGALHÃES

Não.

D. LEOCÁDIA

A princípio, cuidei que era. Mas o melhor foi quando se serviu o peru. Perguntei-lhe que tal achava o peru. Ficou pálido, deixou cair o garfo, fechou os olhos e não me respondeu. Eu ia chamar a atenção de vocês, quando ele abriu os olhos e disse com voz surda: "D. Leocádia, eu não conheço o Peru...". Eu, espantada, perguntei: "Pois não está comendo...?". "Não falo desta pobre ave; falo-lhe da república."

MAGALHÃES

Pois conhece a república.

D. LEOCÁDIA

Então mentiu.

MAGALHÃES
Não, porque nunca lá foi.

D. LEOCÁDIA
(*a D. Adelaide*)
Mau! teu marido^ parece que também está virando o juízo. (*a Magalhães*) Conhece então o Peru, como vocês estão conhecendo a Grécia... pelos livros.

MAGALHÃES
Também não.

D. LEOCÁDIA
Pelos homens?

MAGALHÃES
Não, senhora.

D. LEOCÁDIA
Então pelas mulheres?

MAGALHÃES
Nem pelas mulheres.

D. LEOCÁDIA
Por uma mulher?

MAGALHÃES
Por uma mocinha, filha do ministro do Peru em Guatemala. Já contei a história

a Adelaide. (*D. Adelaide senta-se folheando o livro de gravuras.*)

D. LEOCÁDIA
(*senta-se*)
Ouçamos a história. É curta?

MAGALHÃES
Quatro palavras. Cavalcante estava em comissão do nosso governo, e frequentava o corpo diplomático, onde era muito bem-visto. Realmente, não se podia achar criatura mais dada, mais expansiva, mais estimável. Um dia começou a gostar da peruana. A peruana era bela e alta, com uns olhos admiráveis. Cavalcante, dentro de pouco, estava doudo por ela, não pensava em mais nada, não falava de outra pessoa. Quando a via ficava extático. Se ela gostava dele, não sei; é certo que o animava, e já se falava em casamento. Puro engano! Dolores voltou para o Peru, onde casou com um primo, segundo me escreveu o pai.

D. LEOCÁDIA
Ele ficou desconsolado, naturalmente.

MAGALHÃES
Ah! não me fale! Quis matar-se; pude impedir esse ato de desespero, e o desespero desfez-se em lágrimas. Caiu doente, uma febre que quase o levou. Pediu dispensa

da comissão, e, como eu tinha obtido seis meses de licença, voltamos juntos. Não imagina o abatimento em que ficou, a tristeza profunda; chegou a ter as ideias baralhadas. Ainda agora, diz alguns disparates, mas emenda-se logo e ri de si mesmo.

D. LEOCÁDIA
Quer que lhe diga? Já ontem suspeitei que era negócio de amores; achei-lhe um riso amargo... Terá bom coração?

MAGALHÃES
Coração de ouro.

D. LEOCÁDIA
Espírito elevado?

MAGALHÃES
Sim, senhora.

D. LEOCÁDIA
Espírito elevado, coração de ouro, saudades... Está entendido.

MAGALHÃES
Entendido o quê?

D. LEOCÁDIA
Vou curar o seu amigo Cavalcante. De que é que vocês se espantam?

D. ADELAIDE
De nada.

MAGALHÃES
De nada, mas...

D. LEOCÁDIA
Mas quê?

MAGALHÃES
Parece-me...

D. LEOCÁDIA
Não parece nada; vocês são uns ingratos. Pois se confessam que eu curei o nariz de um e a hipocondria do outro, como é que põem em dúvida que eu possa curar a maluquice do Cavalcante? Vou curá-lo. Ele virá hoje?

D. ADELAIDE
Não vem todos os dias; às vezes passa-se uma semana.

MAGALHÃES
Mora perto daqui; vou escrever-lhe que venha, e, quando chegar, dir-lhe-ei que a senhora é o maior médico do século; cura o moral... Mas, minha tia, devo avisá-la de uma cousa; não lhe fale em casamento.

D. LEOCÁDIA

Oh! não!

MAGALHÃES

Fica furioso quando lhe falam em casamento; responde que só se há de casar com a morte... A senhora exponha-lhe...

D. LEOCÁDIA

Ora, meu sobrinho, vá ensinar o *padre--nosso* ao vigário. Eu sei o que ele precisa, mas quero estudar primeiro o doente e a doença. Já volto.

MAGALHÃES

Não lhe diga que eu é que lhe contei o caso da peruana...

D. LEOCÁDIA

Pois se eu mesma adivinhei que ele sofria do coração. (*Sai; entra Carlota.*)

Cena III
MAGALHÃES, D. ADELAIDE, D. CARLOTA

D. ADELAIDE

Bravo! está mais corada agora!

D. CARLOTA

Foi do passeio.

D. ADELAIDE

De que é que você gosta mais, da Tijuca ou da cidade?

D. CARLOTA

Eu por mim, ficava metida aqui na Tijuca.

MAGALHÃES

Não creio. Sem bailes? sem teatro lírico?

D. CARLOTA

Os bailes cansam, e não temos agora teatro lírico.

MAGALHÃES

Mas, em suma, aqui ou na cidade, o que é preciso é que você ria; esse ar tristonho faz-lhe a cara feia.

D. CARLOTA

Mas eu rio. Ainda agora não pude deixar de rir vendo o Dr. Cavalcante.

MAGALHÃES

Por quê?

D. CARLOTA

Ele passava ao longe, a cavalo, tão distraído que levava a cabeça caída entre as orelhas do animal; ri da posição, mas lembrei-me que podia cair e ferir-se, e estremeci toda.

MAGALHÃES
Mas não caiu?

D. CARLOTA
Não.

D. ADELAIDE
Titia viu também?

D. CARLOTA
Mamãe ia-me falando da Grécia, do céu da Grécia, dos monumentos da Grécia, do rei da Grécia; toda ela é Grécia, fala como se tivesse estado na Grécia.

D. ADELAIDE
Você quer ir conosco para lá?

D. CARLOTA
Mamãe não há de querer.

D. ADELAIDE
Talvez queira. (*mostrando-lhe as gravuras do livro*) Olhe que bonitas vistas! Isto são ruínas. Aqui está uma cena de costumes. Olhe esta rapariga com um pote...

MAGALHÃES
(*à janela*)
Cavalcante aí vem.

D. CARLOTA
Não quero vê-lo.

D. ADELAIDE
Por quê?

D. CARLOTA
Agora que passou o medo, posso rir-me lembrando a figura que ele fazia.

D. ADELAIDE
Eu também vou. (*Saem as duas; Cavalcante aparece à porta, Magalhães deixa a janela.*)

Cena IV
CAVALCANTE E MAGALHÃES

MAGALHÃES
Entra. Como passaste a noite?

CAVALCANTE
Bem. Dei um belo passeio; fui até ao Vaticano e vi o papa. (*Magalhães olha espantado.*)

Não te assustes, não estou doudo. Eis o que foi: o meu cavalo ia para um lado e o meu espírito para outro. Eu pensava em fazer-me frade; então todas as minhas ideias vestiram-se de burel, e entrei a ver sobrepelizes e tochas; enfim, cheguei a Roma, apresentei-me à porta do Vaticano e pedi para ver o papa. No momento em que Sua Santidade apareceu, prosternei-me, depois estremeci, despertei e vi que o meu corpo seguira atrás do sonho, e que eu ia quase caindo.

MAGALHÃES
Foi então que a nossa prima Carlota deu contigo ao longe.

CAVALCANTE
Também eu a vi, e, de vexado, piquei o cavalo.

MAGALHÃES
Mas, então ainda não perdeste essa ideia de ser frade?

CAVALCANTE
Não.

MAGALHÃES
Que paixão romanesca!

CAVALCANTE

Não, Magalhães; reconheço agora o que vale o mundo com as suas perfídias e tempestades. Quero achar um abrigo contra elas; esse abrigo é o claustro. Não sairei nunca da minha cela, e buscarei esquecer diante do altar...

MAGALHÃES

Olha que vais cair do cavalo!

CAVALCANTE

Não te rias, meu amigo!

MAGALHÃES

Não; quero só acordar-te. Realmente, estás ficando maluco. Não penses mais em semelhante moça. Há no mundo milhares e milhares de moças iguais à bela Dolores.

CAVALCANTE

Milhares e milhares? Mais uma razão para que eu me esconda em um convento. Mas é engano; há só uma, e basta.

MAGALHÃES

Bem; não há remédio senão entregar-te à minha tia.

CAVALCANTE

À tua tia?

MAGALHÃES

Minha tia crê que tu deves padecer de alguma doença moral, — e adivinhou, — e fala de curar-te. Não sei se sabes que ela vive na persuasão de que cura todas as enfermidades morais.

CAVALCANTE

Oh! eu sou incurável!

MAGALHÃES

Por isso mesmo deves sujeitar-te aos seus remédios. Se te não curar, dar-te-á alguma distração, e é o que eu quero. (*abre a charuteira, que está vazia*) Olha, espera aqui, lê algum livro; eu vou buscar charutos. (*Sai; Cavalcante pega num livro e senta-se.*)

Cena V

CAVALCANTE, D. CARLOTA

(*aparecendo ao fundo*)

D. CARLOTA

Primo... (*vendo Cavalcante*) Ah! perdão!

CAVALCANTE
(*erguendo-se*)
Perdão de quê?

D. CARLOTA
Cuidei que meu primo estava aqui; vim buscar um livro de gravuras de prima Adelaide; está aqui...

CAVALCANTE
A senhora viu-me passar a cavalo, há uma hora, numa posição incômoda e inexplicável.

D. CARLOTA
Perdão, mas...

CAVALCANTE
Quero dizer-lhe que eu levava na cabeça uma ideia séria, um negócio grave.

D. CARLOTA
Creio.

CAVALCANTE
Deus queira que nunca possa entender o que era! Basta crer. Foi a distração que me deu aquela postura inexplicável. Na minha família quase todos são distraídos. Um dos meus tios morreu na guerra do Paraguai, por causa de[A] uma distração; era capitão de engenharia...

D. CARLOTA
(*perturbada*)
Oh! não me fale!

CAVALCANTE
Por quê? Não pode tê-lo conhecido.

D. CARLOTA
Não, senhor; desculpe-me, sou um pouco tonta. Vou levar o livro à minha prima.

CAVALCANTE
Peço-lhe perdão, mas...

D. CARLOTA
Passe bem. (*vai até à porta*)

CAVALCANTE
Mas, eu desejava saber...

D. CARLOTA
Não, não, perdoe-me.[A] (*sai*)

Cena VI
CAVALCANTE
(*só*)

Não compreendo; não sei se a ofendi. Falei no tio João Pedro, que morreu no Paraguai, antes dela nascer...

Cena VII
CAVALCANTE, D. LEOCÁDIA

D. LEOCÁDIA
(*ao fundo, à parte*)
Está pensando. (*desce*) Bom dia, Dr. Cavalcante!

CAVALCANTE
Como passou, minha senhora?

D. LEOCÁDIA
Bem, obrigada. Então meu sobrinho deixou-o aqui só?

CAVALCANTE
Foi buscar charutos, já volta.

D. LEOCÁDIA

Os senhores são muito amigos.

CAVALCANTE

Somos como dous irmãos.

D. LEOCÁDIA

Magalhães é um coração de ouro, e o senhor parece-me outro. Acho-lhe só um defeito, doutor... Desculpe-me esta franqueza de velha; acho que o senhor fala trocado.

CAVALCANTE

Disse-lhe ontem algumas tolices, não?

D. LEOCÁDIA

Tolices, é muito; umas palavras sem sentido.

CAVALCANTE

Sem sentido, insensatas, vem a dar na mesma.

D. LEOCÁDIA

(*pegando-lhe nas mãos*)
Olhe bem para mim. (*pausa*) Suspire. (*Cavalcante suspira.*) O senhor está doente; não negue que está doente, — moralmente, entenda-se; não negue! (*solta-lhe as mãos*)

CAVALCANTE

Negar seria mentir. Sim, minha senhora, confesso que tive um grandíssimo desgosto...

D. LEOCÁDIA

Jogo de praça?

CAVALCANTE

Não, senhora.

D. LEOCÁDIA

Ambições políticas malogradas?

CAVALCANTE

Não conheço política.

D. LEOCÁDIA

Algum livro mal recebido pela imprensa?

CAVALCANTE

Só escrevo cartas particulares.

D. LEOCÁDIA

Não atino. Diga francamente; eu sou médico de enfermidades morais, e posso curá-lo. Ao médico diz-se tudo. Ande, fale, conte-me tudo, tudo, tudo. Não se trata de amores?...

CAVALCANTE
(*suspirando*)
Trata-se justamente de amores.

D. LEOCÁDIA
Paixão grande?

CAVALCANTE
Oh! imensa!

D. LEOCÁDIA
Não quero saber o nome da pessoa, não é preciso. Naturalmente, bonita?

CAVALCANTE
Como um anjo!

D. LEOCÁDIA
O coração também era de anjo?

CAVALCANTE
Pode ser, mas de anjo mau.

D. LEOCÁDIA
Uma ingrata...

CAVALCANTE
Uma perversa!

D. LEOCÁDIA
Diabólica...

CAVALCANTE

Sem entranhas!

D. LEOCÁDIA

Vê que estou adivinhando. Console-se; uma criatura dessas não acha casamento.

CAVALCANTE

Já achou!

D. LEOCÁDIA

Já?

CAVALCANTE

Casou, minha senhora; teve a crueldade de casar com um primo.

D. LEOCÁDIA

Os primos quase que não nascem para outra cousa. Diga-me, não procurou esquecer o mal nas folias próprias de rapazes?

CAVALCANTE

Oh! não! Meu único prazer é pensar nela.

D. LEOCÁDIA

Desgraçado! Assim nunca há de sarar.

CAVALCANTE

Vou tratar de esquecê-la.

D. LEOCÁDIA

De que modo?

CAVALCANTE

De um modo velho, alguns dizem que já obsoleto e arcaico. Penso em fazer-me frade. Há de haver em algum recanto do mundo um claustro em que não penetre sol nem lua.

D. LEOCÁDIA

Que ilusão! Lá mesmo achará a sua namorada. Há de vê-la nas paredes da cela, no teto, no chão, nas folhas do breviário. O silêncio far-se-á boca da moça, a solidão será o seu corpo.

CAVALCANTE

Então estou perdido. Onde acharei paz e esquecimento?

D. LEOCÁDIA

Pode ser frade sem ficar no convento. No seu caso o remédio naturalmente indicado é ir pregar... na China, por exemplo. Vá pregar aos infiéis na China. Paredes de convento são mais perigosas que olhos de chinesas. Ande, vá pregar na China. No fim de dez anos está curado. Volte, meta-se no convento e não achará lá o diabo.

CAVALCANTE

Está certa que na China...

D. LEOCÁDIA

Certíssima.

CAVALCANTE

O seu remédio é muito amargo! Por que é que me não manda antes para o Egito? Também é país de infiéis.

D. LEOCÁDIA

Não serve; é a terra daquela rainha... Como se chama?

CAVALCANTE

Cleópatra? Morreu há tantos séculos!

D. LEOCÁDIA

Meu marido disse que era uma desmiolada.

CAVALCANTE

Seu marido era, talvez, um erudito. Minha senhora, não se aprende amor nos livros velhos, mas nos olhos bonitos; por isso, estou certo de que ele adorava a V. Exa.

D. LEOCÁDIA

Ah! ah! Já o doente começa a adular o médico. Não, senhor, há de ir à China. Lá há mais livros velhos que olhos bonitos. Ou não tem confiança em mim?

CAVALCANTE

Oh! tenho, tenho. Mas ao doente é permitido fazer uma careta antes de engolir a pílula. Obedeço; vou para a China. Dez anos, não?

D. LEOCÁDIA

(*levanta-se*)

Dez ou quinze, se quiser; mas antes dos quinze está curado.

CAVALCANTE

Vou.

D. LEOCÁDIA

Muito bem. A sua doença é tal que só com remédios fortes. Vá; dez anos passam depressa.

CAVALCANTE

Obrigado, minha senhora.

D. LEOCÁDIA

Até logo.

CAVALCANTE

Não, minha senhora, vou já.

D. LEOCÁDIA

Já para a China!

CAVALCANTE

Vou arranjar as malas, e amanhã embarco para a Europa; vou a Roma, depois sigo imediatamente para a China. Até daqui a dez anos. (*estende-lhe a mão*)

D. LEOCÁDIA

Fique ainda uns dias...

CAVALCANTE

Não posso.

D. LEOCÁDIA

Gosto de ver essa pressa; mas, enfim, pode esperar ainda uma semana.

CAVALCANTE

Não, não devo esperar. Quero ir às pílulas, quanto antes; é preciso obedecer religiosamente ao médico.

D. LEOCÁDIA

Como eu gosto de ver um doente assim! O senhor tem fé no médico. O pior é que daqui a pouco, talvez, não se lembre dele.

CAVALCANTE

Oh! não! Hei de lembrar-me sempre, sempre!

D. LEOCÁDIA

No fim de dous anos escreva-me; informe-me sobre o seu estado, e talvez eu o faça voltar. Mas, não minta, olhe lá; se já tiver esquecido a namorada, consentirei que volte.

CAVALCANTE

Obrigado. Vou ter com seu sobrinho, e depois vou arranjar as malas.

D. LEOCÁDIA

Então não volta mais a esta casa?

CAVALCANTE

Virei daqui a pouco, uma visita de dez minutos, e depois desço, vou tomar passagem no paquete de amanhã.

D. LEOCÁDIA

Jante, ao menos, conosco.

CAVALCANTE

Janto na cidade.

D. LEOCÁDIA

Bem, adeus; guardemos o nosso segredo. Adeus, Dr. Cavalcante. Creia-me: o senhor merece estar doente. Há pessoas que adoecem sem merecimento nenhum; ao contrário, não merecem outra cousa mais que uma saúde de ferro. O senhor nasceu para adoecer; que obediência ao médico! que facilidade em engolir todas as nossas pílulas! Adeus!

CAVALCANTE
Adeus, D. Leocádia. (*sai pelo fundo*)

Cena VIII
D. LEOCÁDIA, D. ADELAIDE

D. LEOCÁDIA
Com dous anos de China está curado. (*vendo entrar Adelaide*) O Dr. Cavalcante saiu agora mesmo. Ouviste o meu exame médico?

D. ADELAIDE
Não. Que lhe pareceu?

D. LEOCÁDIA
Cura-se.

D. ADELAIDE
De que modo?

D. LEOCÁDIA
Não posso dizer; é segredo profissional.

D. ADELAIDE
Em quantas semanas fica bom?ᴬ

D. LEOCÁDIA
Em dez anos.

D. ADELAIDE
Misericórdia! Dez anos!

D. LEOCÁDIA
Talvez dous; é moço, é robusto, a natureza ajudará a medicina, conquanto esteja muito atacado. Aí vem teu marido.

Cena IX
OS MESMOS, MAGALHÃES

MAGALHÃES
(*a D. Leocádia*)
Cavalcante disse-me que vai embora; eu vim correndo saber o que é que lhe receitou.

D. LEOCÁDIA
Receitei-lhe um remédio enérgico, mas que há de salvá-lo. Não são consolações de cacaracá. Coitado! Sofre muito, está gravemente doente; mas, descansem, meus

filhos, juro-lhes, à fé do meu grau, que hei de curá-lo. Tudo é que me obedeça, e este obedece. Oh! aquele crê em mim. E vocês, meus filhos? Como vão os meus doentezinhos? Não é verdade que estão curados? (*sai pelo fundo*)

Cena X
MAGALHÃES, D. ADELAIDE

MAGALHÃES
Tinha vontade de saber o que é que ela lhe receitou.

D. ADELAIDE
Não falemos disso.

MAGALHÃES
Sabes o que foi?

D. ADELAIDE
Não; mas titia disse-me que a cura se fará em dez anos. (*espanto de Magalhães*) Sim, dez anos; talvez dous, mas a cura certa é em dez anos.

MAGALHÃES
(*atordoado*)

Dez anos!

D. ADELAIDE

Ou dous.

MAGALHÃES

Ou dous?

D. ADELAIDE

Ou dez.

MAGALHÃES

Dez anos! Mas é impossível! Quis brincar contigo. Ninguém leva dez anos a sarar; ou sara antes ou morre.

D. ADELAIDE

Talvez ela pense que a melhor cura é a morte.

MAGALHÃES

Talvez. Dez anos!

D. ADELAIDE

Ou dous; não esqueças.

MAGALHÃES

Sim, ou dous; dous anos é muito, mas, há casos... Vou ter com ele.

D. ADELAIDE

Se titia quis enganar a gente, não é bom que os estranhos saibam. Vamos falar com ela, talvez que, pedindo muito, ela diga a verdade. Não leves essa cara assustada; é preciso falar-lhe naturalmente, com indiferença.

MAGALHÃES

Pois vamos.

D. ADELAIDE

Pensando bem, é melhor que eu vá só; entre mulheres...

MAGALHÃES

Não; ela continuará a zombar de ti; vamos juntos, estou sobre brasas.

D. ADELAIDE

Vamos.

MAGALHÃES

Dez anos!

D. ADELAIDE

Ou dous. (*saem pelo fundo*)

Cena XI

D. CARLOTA
(*entrando pela direita*)

Ninguém! Afinal foram-se! Esta casa anda hoje cheia de mistérios. Há um quarto de hora quis vir aqui, e prima Adelaide disse-me que não, que se tratavam aqui negócios graves. Pouco depois levantou-se e saiu; mas antes disso contou-me que mamãe é que quer que eu vá para a Grécia. A verdade é que todos me falam de Atenas, de ruínas, de danças gregas, da Acrópole... Creio que é Acrópole que se diz. (*pega no livro que Magalhães estivera lendo, senta-se, abre e lê*) "Entre os provérbios gregos, há um muito fino: Não consultes médico; consulta alguém que tenha estado doente." Consultar alguém que tenha estado doente! Não sei que possa ser. (*continua a ler em voz baixa*)

Cena XII

D. CARLOTA, CAVALCANTE

CAVALCANTE

(*ao fundo*)

D. Leocádia! (*entra e fala de longe a Carlota, que está de costas*) Quando eu ia a sair, lembrei-me...

D. CARLOTA

Quem é? (*levanta-se*) Ah! doutor!

CAVALCANTE

Desculpe-me, vinha falar à senhora sua mãe para lhe pedir um favor.

D. CARLOTA

Vou chamá-la.

CAVALCANTE

Não se incomode; falar-lhe-ei logo. Saberá por acaso se a senhora sua mãe conhece algum cardeal em Roma?

D. CARLOTA

Não sei, não, senhor.

CAVALCANTE

Queria pedir-lhe uma carta de apresentação; voltarei mais tarde. (*corteja, sai e para*)

Ah! aproveito a ocasião para lhe perguntar ainda uma vez em que é que a ofendi?

D. CARLOTA
O senhor nunca me ofendeu.

CAVALCANTE
Certamente que não; mas ainda há pouco, falando-lhe de um tio meu, que morreu no Paraguai, tio João Pedro, capitão de engenharia...

D. CARLOTA
(*atalhando*)
Por que é que o senhor quer ser apresentado a um cardeal?

CAVALCANTE
Bem respondido! Confesso que fui indiscreto com a minha pergunta. Já há de saber que eu tenho distrações repentinas, e quando não caio no ridículo, como hoje de manhã, caio na indiscrição. São segredos mais graves que os seus. É feliz, é bonita, pode contar com o futuro, enquanto que eu... Mas eu não quero aborrecê-la. O meu caso há de andar em romances. (*indicando o livro que ela tem na mão*) Talvez nesse.

D. CARLOTA
Não é romance. (*dá-lhe o livro*)

CAVALCANTE

Não? (*lê o título*) Como? Está estudando a Grécia?

D. CARLOTA

Estou.

CAVALCANTE

Vai para lá?

D. CARLOTA

Vou, com prima Adelaide.

CAVALCANTE

Viagem de recreio, ou vai tratar-se?

D. CARLOTA

Deixe-me ir chamar mamãe.

CAVALCANTE

Perdoe-me ainda uma vez; fui indiscreto, retiro-me. (*dá alguns passos para sair*)

D. CARLOTA

Doutor! (*Cavalcante para.*) Não se zangue comigo; sou um pouco tonta, o senhor é bom...

CAVALCANTE

(*descendo*)

Não diga que sou bom; os infelizes são apenas infelizes. A bondade é toda sua. Há poucos dias que nos conhecemos, e já nos zangamos, por minha causa. Não proteste; a causa é a minha moléstia.

D. CARLOTA

O senhor está doente?

CAVALCANTE

Mortalmente.

D. CARLOTA

Não diga isso!

CAVALCANTE

Ou gravemente, se prefere.

D. CARLOTA

Ainda é muito. E que moléstia é?

CAVALCANTE

Quanto ao nome, não há acordo: loucura, espírito romanesco e muitos outros. Alguns dizem que é amor. Olhe, está outra vez aborrecida comigo!

D. CARLOTA

Oh! não, não, não. (*procurando rir*) É o contrário; estou até muito alegre. Diz-me então que está doente, louco...

CAVALCANTE

Louco de amor, é o que alguns dizem. Os autores divergem. Eu prefiro amor, por ser mais bonito, mas a moléstia, qualquer que seja a causa, é cruel e terrível. Não pode compreender este *imbroglio*; peça a Deus que a conserve[A] nessa boa e feliz ignorância. Por que é que me está olhando assim? Quer talvez saber...

D. CARLOTA
Não, não quero saber nada.

CAVALCANTE
Não é crime ser curiosa.

D. CARLOTA
Seja ou não loucura, não quero ouvir histórias como a sua.

CAVALCANTE
Já sabe qual é?

D. CARLOTA
Não.

CAVALCANTE
Não tenho direito de interrogá-la; mas há já dez minutos que estamos neste gabinete, falando de cousas bem esquisitas para duas pessoas que apenas se conhecem.

D. CARLOTA
(*estendendo-lhe a mão*)
Até logo.

CAVALCANTE

A sua mão está fria. Não se vá ainda embora; hão de achá-la agitada. Sossegue um pouco, sente-se. (*Carlota senta-se.*) Eu retiro-me.

D. CARLOTA

Passe bem.

CAVALCANTE

Até logo.

D. CARLOTA

Volta logo?

CAVALCANTE

Não, não volto mais; queria enganá-la.

D. CARLOTA

Enganar-me por quê?

CAVALCANTE

Porque já fui enganado uma vez. Ouça-me; são duas palavras. Eu gostava muito de uma moça que tinha a sua beleza, e ela casou com outro. Eis a minha moléstia.

D. CARLOTA

(*erguendo-se*)

Como assim?

CAVALCANTE

É verdade; casou com outro.

D. CARLOTA
(*indignada*)

Que ação vil!

CAVALCANTE

Não acha?

D. CARLOTA

E ela gostava do senhor?

CAVALCANTE

Aparentemente; mas, depois vi que eu não era mais que um passatempo.

D. CARLOTA
(*animando-se aos poucos*)

Um passatempo! Fazia-lhe juramentos, dizia-lhe que o senhor era a sua única ambição, o seu verdadeiro Deus, parecia orgulhosa em contemplá-lo por horas infinitas, dizia-lhe tudo, tudo, umas cousas que pareciam cair do céu, e suspirava...

CAVALCANTE

Sim, suspirava, mas...

D. CARLOTA
(*muito animada*)
Um dia abandonou-o, sem uma só palavra de saudade nem de consolação, fugiu e foi casar com uma viúva espanhola!

CAVALCANTE
(*espantado*)
Uma viúva espanhola!

D. CARLOTA
Ah! tem muita razão em estar doente!

CAVALCANTE
Mas que viúva espanhola é essa de que me fala?

D. CARLOTA
(*caindo em si*)
Eu falei-lhe de uma viúva espanhola?

CAVALCANTE
Falou.

D. CARLOTA
Foi engano... Adeus, sr. doutor.

CAVALCANTE
Espere um instante. Creio que me compreendeu. Falou com tal paixão que os médicos não têm. Oh! como eu execro

os médicos! principalmente os que me mandam para a China.

D. CARLOTA
O senhor vai para a China?

CAVALCANTE
Vou; mas não diga nada! foi sua mãe que me deu esta receita.

D. CARLOTA
A China é muito longe!

CAVALCANTE
Creio até que está fora do mundo.

D. CARLOTA
Tão longe por quê?

CAVALCANTE
Boa palavra essa. Sim, por que ir à China, se a gente pode sarar na Grécia? Dizem que a Grécia é muito eficaz para estas feridas; há quem afirme que não há melhor para as que são feitas pelos capitães de engenharia. Quanto tempo vai lá passar?

D. CARLOTA
Não sei. Um ano, talvez.

CAVALCANTE
Crê que eu possa sarar num ano?

D. CARLOTA

É possível.

CAVALCANTE

Talvez sejam precisos dous, — dous ou três.

D. CARLOTA

Ou três.

CAVALCANTE

Quatro, cinco...

D. CARLOTA

Cinco, seis...

CAVALCANTE

Depende menos do país que da doença.

D. CARLOTA

Ou do doente.

CAVALCANTE

Ou do doente. Já a passagem do mar pode ser que me faça bem. A minha moléstia casou com um primo. A sua (perdoe esta outra indiscrição; é a última) a sua casou com a viúva espanhola. As espanholas, mormente viúvas, são detestáveis. Mas, diga-me uma cousa: se uma pessoa já está curada, que é que vai fazer à Grécia?

D. CARLOTA

Convalescer, naturalmente. O senhor, como ainda está doente, vai para a China.

CAVALCANTE

Tem razão. Entretanto, começo a ter medo de morrer... Pensou alguma vez na morte?

D. CARLOTA

Pensa-se nela, mas lá vem um dia em que a gente aceita a vida, seja como for.

CAVALCANTE

Vejo que sabe muita cousa.

D. CARLOTA

Não sei nada; sou uma tagarela, que o senhor obrigou a dar por paus e por pedras; mas, como é a última vez que nos vemos, não importa. Agora, passe bem.

CAVALCANTE

Adeus, D. Carlota!

D. CARLOTA

Adeus, doutor!

CAVALCANTE

Adeus. (*dá um passo para a porta do fundo*) Talvez eu vá a Atenas; não fuja se me vir vestido de frade...

D. CARLOTA
(*indo a ele*)
De frade? O senhor vai ser frade?

CAVALCANTE
Frade. Sua mãe aprova-me, contanto que eu vá à China. Parece-lhe que devo obedecer a esta vocação, ainda depois de perdida?

D. CARLOTA
É difícil obedecer a uma vocação perdida.

CAVALCANTE
Talvez nem a tivesse, e ninguém se deu ao trabalho de me dissuadir. Foi aqui, a seu lado, que comecei a mudar. A sua voz sai de um coração que padeceu também, e sabe falar a quem padece. Olhe, julgue-me doudo, se quiser, mas eu vou pedir-lhe um favor: conceda-me que a ame. (*Carlota, perturbada, volta o rosto.*) Não lhe peço que me ame, mas que se deixe amar; é um modo de ser grato. Se fosse uma santa, não podia impedir que lhe acendesse uma vela.

D. CARLOTA
Não falemos mais nisto, e separemo-nos.

CAVALCANTE
A sua voz treme; olhe para mim...

D. CARLOTA
Adeus; aí vem mamãe.

Cena XIII

OS MESMOS, D. LEOCÁDIA

D. LEOCÁDIA
Que é isto, doutor? Então o senhor quer só um ano de China? Vieram pedir-me que reduzisse a sua ausência.

CAVALCANTE
D. Carlota lhe dirá o que eu desejo.

D. CARLOTA
O doutor veio saber se mamãe conhece algum cardeal em Roma.

CAVALCANTE
A princípio era um cardeal; agora basta um vigário.

D. LEOCÁDIA
Um vigário? Para quê?

CAVALCANTE
Não posso dizer.

D. LEOCÁDIA

(*a Carlota*)

Deixa-nos sós, Carlota; o doutor quer fazer-me uma confidência.

CAVALCANTE

Não, não, ao contrário... D. Carlota pode ficar. O que eu quero dizer é que um vigário basta para casar.

D. LEOCÁDIA

Casar a quem?

CAVALCANTE

Não é já, falta-me ainda a noiva.

D. LEOCÁDIA

Mas quem é que me está falando?

CAVALCANTE

Sou eu, D. Leocádia.

D. LEOCÁDIA

O senhor! o senhor! o senhor!

CAVALCANTE

Eu mesmo. Pedi licença a alguém...

D. LEOCÁDIA

Para casar?

Cena XIV

OS MESMOS, MAGALHÃES, D. ADELAIDE[A]

MAGALHÃES

Consentiu, titia?

D. LEOCÁDIA

Em reduzir a China a um ano? Mas ele agora quer a vida inteira.

MAGALHÃES

Estás doudo?

D. LEOCÁDIA

Sim, a vida inteira, mas é para casar. (*D. Carlota fala baixo a D. Adelaide.*) Você entende, Magalhães?

CAVALCANTE

Eu, que devia entender, não entendo.

D. ADELAIDE

(*que ouviu D. Carlota*)

Entendo eu. O Dr. Cavalcante contou as suas tristezas a Carlota, e Carlota, meia curada[B] do seu próprio mal, expôs sem querer o que tinha sentido. Entenderam--se e casam-se.

D. LEOCÁDIA
(*a Carlota*)
Deveras? (*D. Carlota baixa os olhos.*) Bem; como é para saúde dos dous, concedo; são mais duas curas!

MAGALHÃES
Perdão; estas fizeram-se pela receita de um provérbio grego que está aqui neste livro:[A] (*abre o livro*) "Não consultes médico; consulta alguém que tenha estado doente".

Lição de botânica

Pessoas

D. HELENA
D. CECÍLIA
D. LEONOR
BARÃO SIGISMUNDO DE KERNOBERG

Lugar da cena: Andaraí

Ato único

(*Sala em casa de D. Leonor. Portas ao fundo, uma à direita do espectador.*)

Cena I

D. LEONOR, D. HELENA, D. CECÍLIA
(*D. Leonor entra, lendo uma carta, D. Helena e D. Cecília entram do fundo.*)

D. HELENA

Já de volta!

D. CECÍLIA
(*a D. Helena, depois de um silêncio*)

Será alguma carta de namoro?

D. HELENA
(*baixo*)

Criança!

D. LEONOR

Não me explicarão isto?

D. HELENA

Que é?

D. LEONOR

Recebi ao descer do carro este bilhete. "Minha senhora. Permita que o mais respeitoso vizinho lhe peça dez minutos de atenção. Vai nisto um grande interesse da ciência." Que tenho eu com a ciência?

D. HELENA

Mas de quem é a carta?

D. LEONOR

Do Barão Sigismundo de Kernoberg.

D. CECÍLIA

Ah! o tio de Henrique!

D. LEONOR

De Henrique! Que familiaridade é essa?

D. CECÍLIA

Titia, eu...

D. LEONOR

Eu quê?... Henrique!

D. HELENA

Foi uma maneira de falar na ausência... Com que então o Sr. Barão Sigismundo de Kernoberg pede-lhe dez minutos de atenção, em nome e por amor da ciência. Da parte de um botânico é por força alguma égloga.

D. LEONOR

Seja o que for, não sei se deva receber um senhor a quem nunca vimos. Já o viram alguma vez?

D. CECÍLIA

Eu nunca.

D. HELENA

Nem eu.

D. LEONOR

Botânico e sueco: duas razões para ser gravemente aborrecido. Nada, não estou em casa.

D. CECÍLIA

Mas quem sabe, titia, se ele quer pedir-lhe... sim... um exame no nosso jardim?

D. LEONOR

Há por todo esse Andaraí muito jardim para examinar.

D. HELENA

Não, senhora, há de recebê-lo.

D. LEONOR

Por quê?

D. HELENA

Porque é nosso vizinho, porque tem necessidade de falar-lhe, e, enfim, porque, a julgar pelo sobrinho, deve ser um homem distinto.

D. LEONOR

Não me lembrava do sobrinho. Vá lá; aturemos o botânico. (*sai pela porta do fundo, à esquerda*)

Cena II
D. HELENA, D. CECÍLIA

D. HELENA

Não me agradeces?

D. CECÍLIA

O quê?

D. HELENA

Sonsa! Pois não adivinhas o que vem cá fazer o barão?

D. CECÍLIA

Não.

D. HELENA
Vem pedir a tua mão para o sobrinho.

D. CECÍLIA
Helena!

D. HELENA
(imitando-a)
Helena!

D. CECÍLIA
Juro...

D. HELENA
Que o não amas.

D. CECÍLIA
Não é isso.

D. HELENA
Que o amas?

D. CECÍLIA
Também não.

D. HELENA
Mau! Alguma cousa há de ser. *Il faut qu'une porte soit ouverte ou fermée.*[16] Porta neste caso

---

16. "É preciso que uma porta esteja aberta ou fechada", em tradução livre do francês. [HG]

é coração. O teu coração há de estar fechado ou aberto...

D. CECÍLIA
Perdi a chave.

D. HELENA
(*rindo*)
E não o podes fechar outra vez. São assim todos os corações ao pé de todos os Henriques. O teu Henrique viu a porta aberta, e tomou posse do lugar. Não escolheste mal, não; é um bonito rapaz.

D. CECÍLIA
Oh! uns olhos!

D. HELENA
Azuis.

D. CECÍLIA
Como o céu.

D. HELENA
Louro...

D. CECÍLIA
Elegante...

D. HELENA
Espirituoso...

D. CECÍLIA

E bom.

D. HELENA

Uma pérola. (*suspira*) Ah!

D. CECÍLIA

Suspiras?

D. HELENA

Que há de fazer uma viúva, falando... de uma pérola?

D. CECÍLIA

Oh! tens naturalmente em vista algum diamante de primeira grandeza.

D. HELENA

Não tenho, não; meu coração já não quer joias.

D. CECÍLIA

Mas as joias querem o teu coração.

D. HELENA

Tanto pior para elas: hão de ficar em casa do joalheiro.

D. CECÍLIA

Veremos isso. (*sobe*) Ah!

D. HELENA

Que é?

D. CECÍLIA
(*olhando para a direita*)
Um homem desconhecido que lá vem; há de ser o barão.

D. HELENA
Vou avisar titia. (*sai pelo fundo, esquerda*)

Cena III
D. CECÍLIA, BARÃO

D. CECÍLIA
Será deveras ele? Estou trêmula... Henrique não me avisou de nada... Virá pedir-me?... Mas não, não, não pode ser ele... Tão moço!... (*O barão aparece.*)

BARÃO
(*à porta, depois de profunda cortesia*)
Creio que a Excelentíssima senhora D. Leonor Gouveia recebeu uma carta... Vim sem esperar a resposta.

D. CECÍLIA

É o Sr. Barão Sigismundo de Kernoberg? (*O barão faz um gesto afirmativo.*) Recebeu. Queira entrar e sentar-se. (*à parte*) Devo estar vermelha...

O BARÃO
(*à parte, olhando para Cecília*)
Há de ser esta.

D. CECÍLIA
(*à parte*)
E titia não vem... Que demora!... Não sei que lhe diga... estou tão vexada... (*O Barão tira um livro da algibeira e folheia-o.*) Se eu pudesse deixá-lo... É o que vou fazer. (*sobe*)

BARÃO
(*fechando o livro e erguendo-se*)
V. Exa. há de desculpar-me. Recebi hoje mesmo este livro da Europa; é obra que vai fazer revolução na ciência; nada menos que uma monografia das gramíneas, premiada pela Academia de Estocolmo.

D. CECÍLIA

Sim? (*à parte*) Aturemo-lo, pode vir a ser meu tio.

BARÃO

As gramíneas têm ou não têm perianto? A princípio adotou-se a negativa, posteriormente... V. Exa. talvez não conheça o que é o perianto...

D. CECÍLIA
Não, senhor.

BARÃO
Perianto compõe-se de duas palavras gregas: *peri*, em volta, e *anthos*,[A] flor.

D. CECÍLIA
O invólucro da flor.

BARÃO
Acertou. É o que vulgarmente se chama cálice. Pois as gramíneas eram tidas... (*Aparece D. Leonor ao fundo.*) Ah!

Cena IV
OS MESMOS, D. LEONOR

D. LEONOR
Desejava falar-me?

BARÃO
Se me dá essa honra. Vim sem esperar resposta à minha carta. Dez minutos apenas.

D. LEONOR

Estou às suas ordens.

D. CECÍLIA

Com licença. (*à parte, olhando para o céu*) Ah! minha Nossa Senhora! (*retira-se pelo fundo*)

Cena V

D. LEONOR, BARÃO

(*D. Leonor senta-se, fazendo um gesto ao Barão que a imita.*)

BARÃO

Sou o Barão Sigismundo de Kernoberg, seu vizinho, botânico de vocação, profissão e tradição, membro da Academia de Estocolmo, e comissionado pelo governo da Suécia para estudar a flora da América do Sul. V. Exa. dispensa a minha biografia? (*D. Leonor faz um gesto afirmativo.*) Direi somente que o tio de meu tio foi botânico, meu tio botânico, eu botânico, e meu sobrinho há de ser botânico. Todos somos botânicos de tios a sobrinhos. Isto de algum modo explica minha vinda a esta casa.

D. LEONOR
Oh! o meu jardim é composto de plantas vulgares.

BARÃO
(*gracioso*)
É porque as melhores flores da casa estão dentro de casa. Mas V. Exa. engana-se; não venho pedir nada do seu jardim.

D. LEONOR
Ah!

BARÃO
Venho pedir-lhe uma cousa que lhe há de parecer singular.

D. LEONOR
Fale.

BARÃO
O padre desposa a igreja; eu desposei a ciência. Saber é o meu estado conjugal; os livros são a minha família. Numa palavra, fiz voto de celibato.

D. LEONOR
Não se case.

BARÃO
Justamente. Mas, V. Exa. compreende que, sendo para mim ponto de fé que a ciência

não se dá bem com o matrimônio, nem eu devo casar, nem... V. Exa. já percebeu.

D. LEONOR
Cousa nenhuma.

BARÃO
Meu sobrinho Henrique anda estudando comigo os elementos da botânica. Tem talento, há de vir a ser um luminar da ciência. Se o casamos, está perdido.

D. LEONOR
Mas...

BARÃO
(*à parte*)
Não entendeu. (*alto*) Sou obrigado a ser mais franco. Henrique anda apaixonado por uma de suas sobrinhas, creio que esta que saiu daqui, há pouco. Impus-lhe que não voltasse a esta casa; ele resistiu-me. Só me resta um meio: é que V. Exa. lhe feche a porta.

D. LEONOR
Senhor barão!

BARÃO
Admira-se do pedido? Creio que não é polido nem conveniente. Mas é necessário, minha senhora, é indispensável. A ciência

precisa de mais um obreiro: não o encadeemos no matrimônio.

D. LEONOR
Não sei se devo sorrir do pedido...

BARÃO
Deve sorrir, sorrir e fechar-nos a porta. Terá os meus agradecimentos e as bênçãos da posteridade.

D. LEONOR
(*sorrindo*)
Não é preciso tanto; posso fechá-la de graça.

BARÃO
Justo. O verdadeiro benefício é gratuito.

D. LEONOR
Antes, porém, de nos despedirmos, desejava dizer uma cousa e perguntar outra. (*O barão curva-se.*) Direi primeiramente que ignoro se há tal paixão da parte de seu sobrinho; em segundo lugar, perguntarei se na Suécia estes pedidos são usuais.

BARÃO
Na geografia intelectual não há Suécia nem Brasil; os países são outros: astronomia, geologia, matemáticas; na botânica são obrigatórios.

D. LEONOR
Todavia, à força de andar com flores... deviam os botânicos trazê-las consigo.

BARÃO
Ficam no gabinete.

D. LEONOR
Trazem os espinhos somente.

BARÃO
V. Exa. tem espírito. Compreendo a afeição de Henrique a esta casa. (*levanta-se*) Promete-me então...

D. LEONOR
(*levantando-se*)
Que faria no meu caso?

BARÃO
Recusava.

D. LEONOR
Com prejuízo da ciência?

BARÃO
Não, porque nesse caso a ciência mudaria de acampamento, isto é, o vizinho prejudicado escolheria outro bairro para seus estudos.

D. LEONOR
Não lhe parece que era melhor ter feito isso mesmo, antes de arriscar um pedido ineficaz?

BARÃO
Quis primeiro tentar fortuna.

Cena VI
D. LEONOR, BARÃO, D. HELENA

D. HELENA
(*entra e para*)
Ah!

D. LEONOR
Entra, não é assunto reservado. O Sr. Barão de Kernoberg... (*ao Barão*) É minha sobrinha Helena. (*a Helena*) Aqui o Sr. Barão vem pedir que o não perturbemos no estudo da botânica. Diz que seu sobrinho Henrique está destinado a um lugar honroso na ciência, e... Conclua, Sr. Barão.

BARÃO
Não convém que se case, a ciência exige o celibato.

D. LEONOR

Ouviste?

D. HELENA

Não compreendo...

BARÃO

Uma paixão louca de meu sobrinho pode impedir que... Minhas senhoras, não desejo roubar-lhes mais tempo... Confio em V. Exa., minha senhora... Ser-lhe-ei eternamente grato. Minhas senhoras. (*faz uma grande cortesia e sai*)

Cena VII
D. HELENA, D. LEONOR

D. LEONOR
(*rindo*)

Que urso!

D. HELENA

Realmente...

D. LEONOR
Perdoo-lhe em nome da ciência. Fique com as suas ervas, e não nos aborreça mais, nem ele nem o sobrinho.

D. HELENA
Nem o sobrinho?

D. LEONOR
Nem o sobrinho, nem o criado, nem o cão, se o houver, nem cousa nenhuma que tenha relação com a ciência. Enfada-te? Pelo que vejo, entre o Henrique e a Cecília há tal ou qual namoro?

D. HELENA
Se promete segredo... há.

D. LEONOR
Pois acabe-se o namoro.

D. HELENA
Não é fácil. O Henrique é um perfeito cavalheiro; ambos são dignos um do outro. Por que razão impediremos que dous corações...

D. LEONOR
Não sei de corações, não hão de faltar casamentos a Cecília.

D. HELENA

Certamente que não, mas os casamentos não se improvisam nem se projetam na cabeça; são atos do coração, que a igreja santifica. Tentemos uma cousa.

D. LEONOR

Que é?

D. HELENA

Reconciliemo-nos com o Barão.

D. LEONOR

Nada, nada.

D. HELENA

Pobre Cecília!

D. LEONOR

É ter paciência, sujeite-se às circunstâncias... (*a D. Cecília, que entra*) Ouviste?

D. CECÍLIA

O quê, titia?

D. LEONOR

Helena te explicará tudo. (*a D. Helena baixo*) Tira-lhe todas as esperanças. (*indo-se*) Que urso! que urso!

Cena VIII

D. HELENA, D. CECÍLIA

D. CECÍLIA

Que aconteceu?

D. HELENA

Aconteceu... (*olha com tristeza para ela*)

D. CECÍLIA

Acaba.

D. HELENA

Pobre Cecília!

D. CECÍLIA

Titia recusou a minha mão?

D. HELENA

Qual! O Barão é que se opõe ao casamento.

D. CECÍLIA

Opõe-se!

D. HELENA

Diz que a ciência exige o celibato do sobrinho. (*D. Cecília encosta-se a uma cadeira.*) Mas, sossega; nem tudo está perdido; pode ser que o tempo...

D. CECÍLIA
Mas quem impede que ele estude?

D. HELENA
Mania de sábio. Ou então, evasiva do sobrinho.

D. CECÍLIA
Oh! não! é impossível; Henrique é uma alma angélica! Respondo por ele. Há de certamente opor-se a semelhante exigência...

D. HELENA
Não convém precipitar as cousas. O Barão pode zangar-se e ir-se embora.

D. CECÍLIA
Que devo então fazer?

D. HELENA
Esperar. Há tempo para tudo.

D. CECÍLIA
Pois bem, quando Henrique vier...

D. HELENA
Não vem, titia resolveu fechar a porta a ambos.

D. CECÍLIA
Impossível!

D. HELENA
Pura verdade. Foi uma exigência do Barão.

D. CECÍLIA
Ah! conspiram todos contra mim. (*põe as mãos na cabeça*) Sou muito infeliz! Que mal fiz eu a essa gente? Helena, salva-me! Ou eu mato-me! Anda, vê se descobres um meio...

D. HELENA
(*indo sentar-se*)
Que meio?

D. CECÍLIA
(*acompanhando-a*)
Um meio qualquer que não nos separe!

D. HELENA
(*sentada*)
Há um.

D. CECÍLIA
Qual? Dize.

D. HELENA
Casar.

D. CECÍLIA
Oh! não zombes de mim! Tu também amaste, Helena; deves respeitar estas angústias. Não tornar a ver o meu Henrique

é uma ideia intolerável. Anda, minha ir- mãzinha. (*ajoelha-se inclinando o corpo sobre o regaço de D. Helena*) Salva-me! És tão inteligente, que hás de achar por força alguma ideia; anda, pensa!

D. HELENA
(*beijando-lhe a testa*)
Criança! supões que seja cousa tão fácil assim?

D. CECÍLIA
Para ti há de ser fácil.

D. HELENA
Lisonjeira! (*pega maquinalmente no livro deixado pelo Barão sobre a cadeira*) A boa vontade não pode tudo; é preciso... (*tem aberto o livro*) Que livro é este?... Ah! talvez do Barão.

D. CECÍLIA
Mas vamos... continua.

D. HELENA
Isto há de ser sueco... trata talvez de botânica. Sabes sueco?

D. CECÍLIA
Helena!

D. HELENA

Quem sabe se este livro pode salvar tudo? (*depois de um instante de reflexão*) Sim, é possível. Tratará de botânica?

D. CECÍLIA

Trata.

D. HELENA

Quem te disse?

D. CECÍLIA

Ouvi dizer ao Barão, trata das...

D. HELENA

Das...

D. CECÍLIA

Das gramíneas.

D. HELENA

Só das gramíneas?

D. CECÍLIA

Não sei; foi premiado pela Academia de Estocolmo.

D. HELENA

De Estocolmo. Bem. (*levanta-se*)

D. CECÍLIA
(*levantando-se*)
Mas que é?

D. HELENA
Vou mandar-lhe o livro...

D. CECÍLIA
Que mais?

D. HELENA
Com um bilhete.

D. CECÍLIA
(*olhando para a direita*)
Não é preciso; lá vem ele.

D. HELENA
Ah!

D. CECÍLIA
Que vais fazer?

D. HELENA
Dar-lhe o livro.

D. CECÍLIA
O livro, e...

D. HELENA
E as despedidas.

D. CECÍLIA

Não compreendo.

D. HELENA

Espera e verás.

D. CECÍLIA

Não posso encará-lo; adeus.

D. HELENA

Cecília! (*D. Cecília sai.*)

Cena IX

D. HELENA, BARÃO

BARÃO

(*à porta*)

Perdão, minha senhora; eu trazia um livro há pouco...

D. HELENA

(*com o livro na mão*)

Será este?

BARÃO

(*caminhando para ela*)

Justamente.

D. HELENA
Escrito em sueco, penso eu...

BARÃO
Em sueco.

D. HELENA
Trata naturalmente de botânica.

BARÃO
Das gramíneas.

D. HELENA
(*com interesse*)
Das gramíneas!

BARÃO
De que se espanta?

D. HELENA
Um livro publicado...

BARÃO
Há quatro meses.

D. HELENA
Premiado pela Academia de Estocolmo?

BARÃO
(*admirado*)
É verdade. Mas...

D. HELENA
Que pena que eu não saiba sueco!

BARÃO
Tinha notícia do livro?

D. HELENA
Certamente. Ando ansiosa por lê-lo.

BARÃO
Perdão, minha senhora. Sabe botânica?

D. HELENA
Não ouso dizer que sim, estudo alguma cousa; leio quando posso. É ciência profunda e encantadora.

BARÃO
(*com calor*)
É a primeira de todas.

D. HELENA
Não me atrevo a apoiá-lo, porque nada sei das outras, e poucas luzes tenho de botânica, apenas as que pode dar um estudo solitário e deficiente. Se a vontade suprisse o talento...

BARÃO

Por que não? *Le génie, c'est la patience,*[17] dizia Buffon.

D. HELENA
(*sentando-se*)

Nem sempre.

BARÃO

Realmente, estava longe de supor que, tão perto de mim, uma pessoa tão distinta dava algumas horas vagas ao estudo da minha bela ciência.

D. HELENA

Da sua esposa.

BARÃO
(*sentando-se*)

É verdade. Um marido pode perder a mulher, e se a amar deveras, nada a compensará neste mundo, ao passo que a ciência não morre... Morremos nós, ela sobrevive com todas as graças do primeiro dia, ou ainda maiores, porque cada descoberta é um encanto novo.

D. HELENA

Oh! tem razão!

---

17. "O gênio é a paciência", em tradução livre do francês. [HG]

BARÃO

Mas, diga-me V. Exa.: tem feito estudo especial das gramíneas?ᴬ

D. HELENA

Por alto... por alto...

BARÃO

Contudo, sabe que a opinião dos sábios não admitia o perianto... (*D. Helena faz sinal afirmativo.*) Posteriormente reconheceu-se a existência do perianto. (*novo gesto de D. Helena*) Pois este livro refuta a segunda opinião.

D. HELENA

Refuta o perianto?

BARÃO

Completamente.

D. HELENA

Acho temeridade.

BARÃO

Também eu supunha isso... Li-o, porém, e a demonstração é claríssima. Tenho pena que não possa lê-lo. Se me dá licença, farei uma tradução portuguesa e daqui a duas semanas...

D. HELENA

Não sei se deva aceitar...

BARÃO

Aceite; é o primeiro passo para me não recusar segundo pedido.

D. HELENA

Qual?

BARÃO

Que me deixe acompanhá-la em seus estudos, repartir o pão do saber com V. Exa. É a primeira vez que a fortuna me depara uma discípula. Discípula é, talvez, ousadia da minha parte...

D. HELENA

Ousadia, não; eu sei muito pouco; posso dizer que não sei nada.

BARÃO

A modéstia é o aroma do talento, como o talento é o esplendor da graça. V. Exa. possui tudo isso. Posso compará-la à violeta, — *viola odorata* de Lineu, — que é formosa e recatada...

D. HELENA
(*interrompendo*)
Pedirei licença à minha tia. Quando será a primeira lição?

BARÃO

Quando quiser. Pode ser amanhã. Tem certamente notícia da anatomia vegetal...

D. HELENA

Notícia incompleta.

BARÃO

Da fisiologia?

D. HELENA

Um pouco menos.

BARÃO

Nesse caso, nem a taxonomia, nem a fitografia...

D. HELENA

Não fui até lá.

BARÃO

Mas há de ir... Verá que mundos novos se lhe abrem diante do espírito. Estudaremos, uma por uma, todas as famílias, as orquídeas, as jasmíneas, as rubiáceas, as oleáceas, as narcíseas, as umbelíferas, as...

D. HELENA

Tudo, desde que se trata de flores.

BARÃO

Compreendo: amor de família.

D. HELENA
Bravo! um cumprimento!

BARÃO
(*folheando o livro*)
A ciência os permite.

D. HELENA
(*à parte*)
O mestre é perigoso. (*alto*) Tinham-me dito exatamente o contrário; disseram-me que o Sr. Barão era... não sei como diga... era...

BARÃO
Talvez um urso.

D. HELENA
Pouco mais ou menos.

BARÃO
E sou.

D. HELENA
Não creio.

BARÃO
Por que não crê?

D. HELENA
Porque o vejo amável.

BARÃO
Suportável apenas.

D. HELENA
Demais, imaginava-o uma figura muito diferente, um velho macilento, melenas caídas, olhos encovados.

BARÃO
Estou velho, minha senhora.

D. HELENA
Trinta e seis anos.

BARÃO
Trinta e nove.

D. HELENA
Plena mocidade.

BARÃO
Velho para o mundo. Que posso eu dar ao mundo senão a minha prosa científica?

D. HELENA
Só uma cousa lhe acho inaceitável.

BARÃO
Que é?

D. HELENA

A teoria de que o amor e a ciência são incompatíveis.

BARÃO

Oh! isso...

D. HELENA

Dá-se o espírito à ciência e o coração ao amor. São territórios diferentes, ainda que limítrofes.

BARÃO

Um acaba por anexar o outro.

D. HELENA

Não creio.

BARÃO

O casamento é uma bela cousa, mas o que faz bem a uns, pode fazer mal a outros. Sabe que Mafoma não permite o uso do vinho aos seus sectários. Que fazem os turcos? Extraem o suco de uma planta, da família das papaveráceas, bebem-no, e ficam alegres. Esse licor, se nós o bebêssemos, matar-nos-ia. O casamento, para nós, é o vinho turco.

D. HELENA

(*erguendo os ombros*)
Comparação não é argumento. Demais, houve e há sábios casados.

BARÃO

Que seriam mais sábios se não fossem casados.

D. HELENA

Não fale assim. A esposa fortifica a alma do sábio. Deve ser um quadro delicioso para o homem que despende as suas horas na investigação da natureza, fazê-lo ao lado da mulher que o ampara e anima, testemunha de seus esforços, sócia de suas alegrias, atenta, dedicada, amorosa. Será vaidade de sexo? Pode ser, mas eu creio que o melhor prêmio do mérito é o sorriso da mulher amada. O aplauso público é mais ruidoso, mas muito menos tocante que a aprovação doméstica.

BARÃO

(*depois de um instante de hesitação e luta*)
Falemos da nossa lição.

D. HELENA

Amanhã, se minha tia consentir. (*levanta-se*) Até amanhã, não?

BARÃO

Hoje mesmo, se o ordenar.

D. HELENA

Acredita que não perderei o tempo?

BARÃO

Estou certo que não.

D. HELENA

Serei acadêmica de Estocolmo?

BARÃO

Conto que terei essa honra.

D. HELENA
(*cortejando*)

Até amanhã.

BARÃO
(*o mesmo*)

Minha senhora! (*D. Helena sai pelo fundo, esquerda, o barão caminha para a direita, mas volta para buscar o livro que ficara sobre a cadeira ou sofá.*)

Cena X

BARÃO, D. LEONOR

BARÃO
(*pensativo*)
Até amanhã! Devo eu cá voltar? Talvez não devesse, mas é interesse da ciência... a minha palavra empenhada... O pior de tudo é que a discípula é graciosa e bonita. Nunca tive discípula, ignoro até que ponto é perigoso... Ignoro? Talvez não... (*põe a mão no peito*) Que é isto?... (*resoluto*) Não, sicambro! Não hás de adorar o que queimaste! Eia, volvamos às flores e deixemos esta casa para sempre. (*Entra D. Leonor.*)

D. LEONOR
(*vendo o barão*)
Ah!

BARÃO
Voltei há dous minutos; vim buscar este livro. (*cumprimentando*) Minha senhora!

D. LEONOR
Senhor Barão!

BARÃO
(*vai até à porta, e volta*)
Creio que V. Exa. não me fica querendo mal?

D. LEONOR

Certamente que não.

BARÃO

(*cumprimentando*)

Minha senhora!

LEONOR

(*idem*)

Senhor Barão!

BARÃO

(*vai até à porta e volta*)

A senhora D. Helena não lhe falou agora?

D. LEONOR

Sobre quê?

BARÃO

Sobre umas lições de botânica...

D. LEONOR

Não me falou em nada...

BARÃO

(*cumprimentando*)

Minha senhora!

D. LEONOR

(*idem*)

Senhor Barão! (*Barão sai.*) Que esquisitão![A] Valia a pena cultivá-lo de perto.

BARÃO
(*reaparecendo*)
Perdão...

D. LEONOR
Ah! — Que manda?

BARÃO
(*aproxima-se*)
Completo a minha pergunta. A sobrinha de V. Exa. falou-me em receber algumas lições de botânica. V. Exa. consente? (*pausa*) Há de parecer-lhe esquisito este pedido, depois do que tive a honra de fazer-lhe há pouco...

D. LEONOR
Sr. Barão, no meio de tantas cópias e imitações humanas...

BARÃO
Eu acabo: sou original.

D. LEONOR
Não ouso dizê-lo.

BARÃO
Sou; noto, entretanto, que a observação de V. Exa. não responde à minha pergunta.

D. LEONOR
Bem sei; por isso mesmo é que a fiz.

BARÃO

Nesse caso...

D. LEONOR

Nesse caso, deixe-me refletir.

BARÃO

Cinco minutos?

D. LEONOR

Vinte e quatro horas.

BARÃO

Nada menos?

D. LEONOR

Nada menos.

BARÃO
(*cumprimentando*)

Minha senhora!

D. LEONOR
(*idem*)

Senhor Barão! (*Sai o barão.*)

Cena XI

D. LEONOR, D. CECÍLIA

D. LEONOR

Singular é ele, mas não menos singular é a ideia de Helena. Para que quererá ela aprender botânica?

D. CECÍLIA
(*entrando*)
Helena! (*D. Leonor volta-se.*) Ah! é titia.

D. LEONOR

Sou eu.

D. CECÍLIA

Onde está Helena?

D. LEONOR

Não sei, talvez lá em cima. (*D. Cecília dirige-se para o fundo.*) Onde vais?...

D. CECÍLIA

Vou...

D. LEONOR

Acaba.

D. CECÍLIA

Vou concertar o penteado.[A]

D. LEONOR

Vem cá; concerto eu. (*D. Cecília aproxima-se de D. Leonor.*) Não é preciso, está excelente. Dize-me: estás muito triste!

D. CECÍLIA

(*muito triste*)
Não, senhora; estou alegre.

D. LEONOR

Mas, Helena disse-me que tu...

D. CECÍLIA

Foi gracejo.

D. LEONOR

Não creio; tens alguma cousa que te aflige; hás de contar-me tudo.

D. CECÍLIA

Não posso.

D. LEONOR

Não tens confiança em mim?

D. CECÍLIA

Oh! toda!

D. LEONOR

Pois eu exijo... (*vendo Helena, que aparece à porta do fundo, esquerda*) Ah! chegas a propósito.

Cena XII

D. LEONOR, D. CECÍLIA, D. HELENA

D. HELENA

Para quê?

D. LEONOR

Explica-me que história é essa que me contou o Barão?

D. CECÍLIA
(*com curiosidade*)

O Barão?

D. LEONOR

Parece que estás disposta a estudar botânica.

D. HELENA

Estou.

D. CECÍLIA
(*sorrindo*)

Com o Barão?

D. HELENA

Com o Barão.

D. LEONOR

Sem o meu consentimento?

D. HELENA
Com o seu consentimento.

D. LEONOR
Mas de que te serve saber botânica?

D. HELENA
Serve para conhecer as flores dos meus *bouquets*, para não confundir jasmíneas com rubiáceas, nem bromélias com umbelíferas.

D. LEONOR
Com quê?

D. HELENA
Umbelíferas.

D. LEONOR
Umbe...

D. HELENA
... líferas. Umbelíferas.

D. LEONOR
Virgem santa! E que ganhas tu com esses nomes bárbaros?

D. HELENA
Muita cousa.

D. CECÍLIA
(*à parte*)
Boa Helena! Compreendo tudo.

D. HELENA
O perianto, por exemplo; a senhora talvez ignore a questão do perianto... a questão das gramíneas...

D. LEONOR
E dou graças a Deus!

D. CECÍLIA
(*animada*)
Oh! deve ser uma questão importantíssima!

D. LEONOR
(*espantada*)
Também tu!

D. CECÍLIA
Só o nome! Perianto! É nome grego, titia; um delicioso nome grego. (*à parte*) Estou morta por saber do que se trata.

D. LEONOR
Vocês fazem-me perder o juízo! Aqui andam bruxas, decerto. Perianto de um lado, bromélias de outro; uma língua de gentios, avessa à gente cristã. Que quer dizer tudo isso?

D. CECÍLIA
Quer dizer que a ciência é uma grande cousa, e que não há remédio senão adorar a botânica.

D. LEONOR
Que mais?

D. CECÍLIA
Que mais? Quer dizer que a noite de hoje há de estar deliciosa, e podemos ir ao teatro lírico. Vamos, sim? Amanhã é o baile do conselheiro, e sábado o casamento da Júlia Marcondes. Três dias de festas! Prometo divertir-me muito, muito, muito. Estou tão contente! Ria-se, titia; ria-se e dê-me um beijo!

D. LEONOR
Não dou, não, senhora. Minha opinião é contra a botânica, e isto mesmo vou escrever ao Barão.

D. HELENA
Reflita primeiro; basta amanhã!

D. LEONOR
Há de ser hoje mesmo! Esta casa está ficando muito sueca; voltemos a ser brasileiras. Vou escrever ao urso. Acompanha-me, Cecília; hás de contar-me o que há. (*saem*)

Cena XIII

D. HELENA, BARÃO

D. HELENA

Cecília deitou tudo a perder... Não se pode fazer nada com crianças... Tanto pior para ela. (*pausa*) Quem sabe se tanto melhor para mim? Pode ser. Aquele professor não é assaz velho, como convinha. Além disso, há nele um ar de diamante bruto, uma alma apenas coberta pela crosta científica, mas cheia de fogo e luz. Se eu viesse a arder ou cegar... (*levanta os ombros*) Que ideia! Não passa de um urso, como titia lhe chama, um urso com patas de rosas.

BARÃO

(*aproximando-se*)

Perdão, minha senhora. Ao atravessar a chácara, ia pensando no nosso acordo, e, sinto dizê-lo, mudei de resolução.

D. HELENA

Mudou?

BARÃO

(*aproximando-se*)

Mudei.

D. HELENA

Pode saber-se o motivo?

BARÃO

São três. O primeiro é o meu pouco saber...
Ri-se?

D. HELENA

De incredulidade. O segundo motivo...

BARÃO

O segundo motivo é o meu gênio áspero
e despótico.

D. HELENA

Vejamos o terceiro.

BARÃO

O terceiro é a sua idade. Vinte e um anos,
não?

D. HELENA

Vinte e dous.

BARÃO

Solteira?

D. HELENA

Viúva.

BARÃO

Perpetuamente viúva?

D. HELENA

Talvez.

BARÃO

Nesse caso, quarto motivo: a sua viuvez perpétua.

D. HELENA

Conclusão: todo o nosso acordo está desfeito.

BARÃO

Não digo que esteja; só por mim não o posso romper. V. Exa. porém avaliará as razões que lhe dou, e decidirá se ele deve ser mantido.

D. HELENA

Suponha que respondo afirmativamente.

BARÃO

Paciência! obedecerei.

D. HELENA

De má vontade?

BARÃO

Não; mas com grande desconsolação.

D. HELENA

Pois, Sr. Barão, não desejo violentá-lo; está livre.

BARÃO
Livre, e não menos desconsolado.

D. HELENA
Tanto melhor!

BARÃO
Como assim?

D. HELENA
Nada mais simples: vejo que é caprichoso e incoerente.

BARÃO
Incoerente, é verdade.

D. HELENA
Irei procurar outro mestre.

BARÃO
Outro mestre! Não faça isso.

D. HELENA
Por quê?

BARÃO
Porque... (*pausa*) V. Exa. é inteligente bastante para dispensar mestres.

D. HELENA
Quem lho disse?

BARÃO

Adivinha-se.

D. HELENA

Bem; irei queimar os olhos nos livros.

BARÃO

Oh! seria estragar as mais belas flores do mundo!

D. HELENA
(*sorrindo*)
Mas então nem mestres nem livros?

BARÃO

Livros, mas aplicação moderada. A ciência não se colhe de afogadilho; é preciso penetrá-la com segurança e cautela.

D. HELENA

Obrigada. (*estendendo-lhe a mão*) E visto que me recusa as suas lições, adeus.

BARÃO

Já!

D. HELENA

Pensei que queria retirar-se.

BARÃO

Queria e custa-me. Em todo o caso, não desejava sair sem que V. Exa. me dissesse francamente o que pensa de mim. Bem ou mal?

D. HELENA

Bem e mal.

BARÃO

Pensa então...

D. HELENA

Penso que é inteligente e bom, mas caprichoso e egoísta.

BARÃO

Egoísta!

D. HELENA

Em toda a força da expressão. (*senta-se*) Por egoísmo, — científico, é verdade, — opõe-se às afeições de seu sobrinho; por egoísmo, recusa-me as suas lições. Creio que o Sr. Barão nasceu para mirar-se no vasto espelho da natureza, a sós consigo, longe do mundo e seus enfados. Aposto que, desculpe a indiscrição da pergunta, — aposto que nunca amou?

BARÃO

Nunca.

D. HELENA
De maneira que nunca uma flor teve a seus olhos outra aplicação, além do estudo?

BARÃO
Engana-se.

D. HELENA
Sim?

BARÃO
Depositei algumas coroas de goivos no túmulo de minha mãe.

D. HELENA
Ah!

BARÃO
Há em mim alguma cousa mais do que eu mesmo. Há a poesia das afeições por baixo da prova científica. Não a ostento, é verdade; mas sabe V. Exa. o que tem sido a minha vida? Um claustro. Cedo perdi o que havia mais caro: a família. Desposei a ciência, que me tem servido de alegrias, consolações e esperanças. Deixemos, porém, tão tristes memórias...[A]

D. HELENA
Memórias de homem; até aqui eu só via o sábio.

BARÃO

Mas o sábio reaparece e enterra o homem. Volto à vida vegetativa... se me é lícito arriscar um trocadilho em português, que eu não sei bem se o é. Pode ser que não passe de aparência. Todo eu sou aparências, minha senhora, aparências de homem, de linguagem e até de ciência...

D. HELENA

Quer que o elogie?

BARÃO

Não; desejo que me perdoe.

D. HELENA

Perdoar-lhe o quê?

BARÃO

A incoerência de que me acusava há pouco.

D. HELENA

Tanto perdoo que o imito. Mudo igualmente de resolução, e dou de mão ao estudo.

BARÃO

Não faça isso!

D. HELENA

Não lerei uma só linha de botânica, que é a mais aborrecível ciência do mundo.

BARÃO

Mas o seu talento...

D. HELENA

Não tenho talento; tinha curiosidade.

BARÃO

É a chave do saber.

D. HELENA

Que monta isso? A porta fica tão longe!

BARÃO

É certo, mas o caminho é de flores.

D. HELENA

Com espinhos.

BARÃO

Eu lhe quebrarei os espinhos.

D. HELENA

De que modo?

BARÃO

Serei seu mestre.

D. HELENA

(*levanta-se*)

Não! Respeito os seus escrúpulos. Subsistem, penso eu, os motivos que alegou. Deixe-me ficar na minha ignorância.

BARÃO
É a última palavra de V. Exa.?ª

D. HELENA
Última.

BARÃO
(*com ar de despedida*)
Nesse caso... aguardo as suas ordens.

D. HELENA
Que se não esqueça de nós.

BARÃO
Crê possível que me esquecesse?

D. HELENA
Naturalmente: um conhecimento de vinte minutos.

BARÃO
O tempo importa pouco ao caso. Não me esquecerei nunca mais destes vinte minutos, os melhores da minha vida, os primeiros que hei realmente vivido. A ciência não é tudo, minha senhora. Há alguma cousa mais, além do espírito, alguma cousa essencial ao homem, e...

D. HELENA
Repare, Sr. Barão, que está falando à sua ex-discípula.

BARÃO

A minha ex-discípula tem coração, e sabe que o mundo intelectual é estreito para conter o homem todo; sabe que a vida moral é uma necessidade do ser pensante.

D. HELENA

Não passemos da botânica à filosofia, nem tanto à terra, nem tanto ao céu. O que o Sr. Barão quer dizer, em boa e mediana prosa, é que estes vinte minutos de palestra não o enfadaram de todo. Eu digo a mesma cousa. Pena é que fossem só vinte minutos, e que o Sr. Barão volte às suas amadas plantas; mas é força ir ter com elas, não quero tolher-lhe os passos. Adeus! (*inclinando-se como a despedir-se*)

BARÃO
(*cumprimentando*)
Minha senhora! (*caminha até à porta e para*) Não transporei mais esta porta?

D. HELENA

Já a fechou por suas próprias mãos.

BARÃO

A chave está nas suas.

D. HELENA
(*olhando para as mãos*)
Nas minhas?

BARÃO
(*aproximando-se*)
Decerto.

D. HELENA
Não a vejo.

BARÃO
É a esperança. Dê-me a esperança de que...

D. HELENA
(*depois de uma pausa*)
A esperança de que...

BARÃO
A esperança de que... a esperança de...

D. HELENA
(*que tem tirado uma flor de um vaso*)
Creio que lhe será mais fácil definir esta flor.

BARÃO
Talvez.

D. HELENA
Mas não é preciso dizer mais: adivinhei-o.

BARÃO
(*alvoroçado*)
Adivinhou?

D. HELENA

Adivinhei que quer a todo o transe ser meu mestre.

BARÃO

(*friamente*)

É isso.

D. HELENA

Aceito.

BARÃO

Obrigado.

D. HELENA

Parece-me que ficou triste?...

BARÃO

Fiquei, pois que só adivinhou metade do meu pensamento. Não adivinhou que eu... por que o não direi? di-lo-ei francamente... Não adivinhou que...

D. HELENA

Que...

BARÃO

(*depois de alguns esforços para falar*)

Nada... nada...

D. LEONOR
(*dentro*)
Não admito!

Cena XIV
D. HELENA, BARÃO, D. LEONOR, D. CECÍLIA

D. CECÍLIA
(*entrando pelo fundo com D. Leonor*)
Mas, titia...

D. LEONOR
Não admito, já disse! Não te faltam casamentos. (*vendo o Barão*) Ainda aqui!

BARÃO
Ainda e sempre, minha senhora.

D. LEONOR
Nova originalidade.

BARÃO
Oh! não! A cousa mais vulgar do mundo. Refleti, minha senhora, e venho pedir para meu sobrinho a mão de sua encantadora sobrinha. (*gesto de Cecília*)

D. LEONOR

A mão de Cecília!

D. CECÍLIA

Que ouço!

BARÃO

O que eu lhe pedia há pouco era uma extravagância, um ato de egoísmo e violência, além de descortesia que era, e que V. Exa. me perdoou, atendendo à singularidade das minhas maneiras. Vejo tudo isso agora...

D. LEONOR

Não me oponho ao casamento, se for do agrado de Cecília.

D. CECÍLIA
(*baixo a D. Helena*)
Obrigada! Foste tu...

D. LEONOR

Vejo que o Sr. Barão refletiu.

BARÃO

Não foi só reflexão, foi também resolução.

D. LEONOR

Resolução?

BARÃO
(*gravemente*)
Minha senhora, atrevo-me a fazer outro pedido.

D. LEONOR
Ensinar botânica a Helena? Já me deu vinte e quatro horas para responder.

BARÃO
Peço-lhe mais do que isso; V. Exa. que é, por assim dizer, irmã mais velha de sua sobrinha, pode intervir junto dela para... (*pausa*)

D. LEONOR
Para...

D. HELENA
Acabo eu. O que o Sr. Barão deseja é a minha mão.

BARÃO
Justamente!

D. LEONOR
(*espantada*)
Mas... Não compreendo nada.

BARÃO
Não é preciso compreender; basta pedir.

D. HELENA

Não basta pedir; é preciso alcançar.

BARÃO

Não alcançarei?

D. HELENA

Dê-me três meses de reflexão.

BARÃO

Três meses é a eternidade.

D. HELENA

Uma eternidade de noventa dias.

BARÃO

Depois dela, a felicidade ou o desespero?

D. HELENA
(*estendendo-lhe a mão*)

Está nas suas mãos a escolha. (*a D. Leonor*) Não se admire tanto, titia; tudo isto é botânica aplicada.

Notas sobre o texto

p. 51   A. Na edição de 1906, "um verso e e rima".
p. 53   A. Na edição de 1906, "mais".
p. 85   A. Na edição de 1906, ponto-final.
p. 91   A. Foram inseridas as aspas para indicar o final da pergunta da personagem.
p. 101 A. Foi inserido o travessão no início do período.
p. 170 A. Na edição de 1906, "Jason", forma mantida pela edição crítica. Optou-se aqui por "Jasão", forma que consta do *Vocabulário onomástico da língua portuguesa* para o nome da personagem mitológica.
p. 172 A. Na edição de 1906, "Cleanthis", e na edição crítica, "Cléanthis". Adotou-se aqui a forma como o nome aparece na tradução portuguesa de Anfitrião citada em nota de rodapé.
p. 175 A. Na edição de 1906, "como a esposa".
p. 180 A. Na edição de 1906, "auto da fé", forma mantida pela edição crítica. Optou-se aqui por "auto de fé", forma que consta do *Vocabulário ortográfico da língua portuguesa*.
p. 186 A. A flexão do advérbio "meio" é comum nos escritos de Machado de Assis e outros autores clássicos.
p. 192 A. Na edição de 1906, "eu marido".
p. 203 A. Na edição de 1906, "por cousa de".
p. 204 A. Foi inserido o ponto-final.
p. 216 A. Na edição de 1906, "bem?".
p. 225 A. Na edição de 1906, "que a conserva".
p. 235 A. Na edição de 1906, "D. LEOCÁDIA", por lapso, já que essa personagem participa da cena anterior e está incluída em "OS MESMOS". As personagens que entram nesta cena são Magalhães e D. Adelaide.
        B. Ver nota A, p. 186.
p. 236 A. Foram inseridos os dois-pontos.
p. 248 A. Foi inserida a vírgula.
p. 268 A. Na edição de 1906, ponto-final.
p. 277 A. Não há pontuação na edição de 1906.
p. 280 A. Manteve-se a grafia utilizada pelo autor, que emprega "concerto" e "concertar" tanto no sentido de "pôr em boa ordem", "arrumar", "endireitar" como no de "reparar", "restaurar", não fazendo a distinção, hoje corrente, mas difícil de determinar, entre "concerto" e "conserto".

p. 292 A. Na edição de 1906, o trecho está truncado.
p. 295 A. Foi acrescentado o ponto de interrogação. A edição de 1906 não traz qualquer sinal de pontuação, e a edição crítica acrescenta um ponto-final.

Sugestões de leitura

AZEVEDO, José Fernando Peixoto de. "As formas do convívio". In: ASSIS, Machado de. *Pai contra mãe*. Rio de Janeiro: Cobogó, 2022, pp. 50-65.

BOSI, Alfredo. "A máscara e a fenda". In: _____. *Machado de Assis: O enigma do olhar*. 4. ed. rev. pelo autor. São Paulo: WMF Martins Fontes, 2007, pp. 73-125.

_____. "Figuras do narrador machadiano". *Cadernos de Literatura Brasileira: Machado de Assis*, São Paulo, Instituto Moreira Salles, n. 23/24, pp. 126-62, jul. 2008.

BUENO, Luís. "Literatura brasileira e disjunção: Cegueira social em 'Evolução', de Machado de Assis". *Machado de Assis em Linha*, São Paulo, v. 12, n. 28, pp. 13-24, 2019. Disponível em: <doi.org/10.1590/1983-6821201912282>. Acesso em: 9 maio 2022.

CÂMARA JÚNIOR, Joaquim Mattoso. "Um soneto de Machado de Assis". In: _____. *Ensaios machadianos: Língua e estilo*. Rio de Janeiro: Livraria Acadêmica, 1962, pp. 125-33.

DIXON, Paul. *Os contos de Machado de Assis: Mais do que sonha a filosofia*. Porto Alegre: Movimento, 1992.

_____. "Modelos em movimento: Os contos de Machado de Assis". In: ROCHA, João Cezar de Castro (Org.). *Machado de Assis: Lido e relido*. São Paulo: Alameda; Campinas: Ed. da Unicamp, 2016, pp. 633-53.

DUARTE, Eduardo de Assis. "A poética da dissimulação". In: _____. *Machado de Assis afrodescendente: Antologia e crítica*. 3. ed. rev. e ampl. Rio de Janeiro: Malê, 2020, pp. 259-338.

FARIA, João Roberto. "Machado de Assis, leitor de Musset". *Teresa: Revista de Literatura Brasileira*, São Paulo, USP; Ed. 34; Imprensa Oficial, n. 6/7, pp. 364-84, 2006.

GLEDSON, John. "O machete e o violoncelo: Introdução a uma antologia de contos de Machado de Assis". In: _____. *Por um novo Machado de Assis: Ensaios*. São Paulo: Companhia das Letras, 2006, pp. 35-69.

GRIECO, Agripino. "Relíquias de casa velha". In: _____. *Machado de Assis*. Rio de Janeiro: José Olympio, 1959, pp. 91-6.

LOYOLA, Cecília. *Machado de Assis e o teatro das convenções*. Rio de Janeiro: Uapê, 1997.

PEREIRA, Astrojildo. "Diderot". In: _____. *Machado de Assis: Ensaios e apontamentos avulsos*. 2. ed. Belo Horizonte: Oficina de Livros, 1991, pp. 177-9. (Coleção Nossa Terra).

PEREIRA, Lúcia Miguel. "O artista". In: _____. *Machado de Assis (Estudo crítico e biográfico)* [1936]. 6. ed. Belo Horizonte: Itatiaia; São Paulo: Edusp, 1988, pp. 225-41.

TELES, Adriana da Costa. "Benedito e o perfil de um político: Uma irônica 'Evolução'". *Machado de Assis em Linha*, Rio de Janeiro, v. 7, n. 14, pp. 198-208, 2014. Disponível em: <doi.org/10.1590/19836821201421214>. Acesso em: 14 jul. 2021.

VIDAL, Nunes. "*Relíquias de casa velha*" [1906]. In: MACHADO, Ubiratan (Org.). *Machado de Assis: Roteiro da consagração (crítica em vida do autor)*. Rio de Janeiro: EdUERJ, 2003, pp. 281-3.

Índice de textos

Relíquias de casa velha 25
  Advertência 27
  A Carolina 29
  Pai contra mãe 31
  Maria Cora 47
  Marcha fúnebre 73
  Um capitão de voluntários 83
  Suje-se gordo! 101
  Umas férias 107
  Evolução 117
  Pílades e Orestes 125
  Anedota do *cabriolet* 139
  Páginas críticas e comemorativas . 149
    Gonçalves Dias 151
    Um livro 155
    Eduardo Prado 161
    Antônio José 165
  Não consultes médico 183
  Lição de botânica 237

FUNDAÇÃO ITAÚ

PRESIDENTE DO CONSELHO CURADOR
Alfredo Setubal

PRESIDENTE
Eduardo Saron

ITAÚ CULTURAL

SUPERINTENDENTE
Jader Rosa

NÚCLEO CURADORIAS E PROGRAMAÇÃO ARTÍSTICA

GERÊNCIA
Galiana Brasil

COORDENAÇÃO
Andréia Schinasi

PRODUÇÃO-EXECUTIVA
Roberta Roque

AGRADECIMENTO
Claudiney Ferreira

TODAVIA

TRANSCRIÇÃO DE TEXTO
Luciana Antonini Schoeps

COTEJO
Karina Okamoto

REVISÃO TÉCNICA
Hélio de Seixas Guimarães

LEITURA CRÍTICA
Luciana Antonini Schoeps

CONSULTORIA
Paulo Dutra

ASSISTÊNCIA EDITORIAL
Gabrielly Alice da Silva
Karina Okamoto
Mario Santin Frugiuele

PREPARAÇÃO
Jane Pessoa

REVISÃO
Huendel Viana
Erika Nogueira Vieira

PRODUÇÃO EDITORIAL E GRÁFICA
Aline Valli

PROJETO GRÁFICO
Daniel Trench

COMPOSIÇÃO
Estúdio Arquivo
Hannah Uesugi

REPRODUÇÃO DA PÁGINA DE ROSTO
Nino Andrés

TRATAMENTO DE IMAGENS
Carlos Mesquita

© Todavia, 2023
© *organização e apresentação*,
Hélio de Seixas Guimarães, 2023

Todos os direitos desta edição
reservados à Todavia.

Este volume faz parte da coleção
Todos os livros de Machado de Assis.

Dados Internacionais de Catalogação
na Publicação (cip)

Assis, Machado de (1839-1908)
 Relíquias de casa velha / Machado de Assis ; organização e apresentação Hélio de Seixas Guimarães. — 2. ed. — São Paulo : Todavia, 2024.
(Todos os livros de Machado de Assis).

Ano da primeira edição original: 1906
isbn 978-65-5692-657-5
isbn da coleção 978-65-5692-697-1

1. Literatura brasileira. 2. Miscelânea. I. Assis, Machado de. II. Guimarães, Hélio de Seixas. III. Título.

cdd b869

Índice para catálogo sistemático:
1. Literatura brasileira b869

Bruna Heller — Bibliotecária — crb 10/2348

todavia

Rua Luís Anhaia, 44
05433.020 São Paulo sp
t. 55 11. 3094 0500
www.todavialivros.com.br

⋮⋮⋮⋮⋮⋮⋮⋮⋮⋮⋮⋮⋮⋮⋮⋮⋮⋮⋮⋮⋮⋮⋮⋮⋮

As edições de base que deram origem aos 26 volumes da coleção Todos os livros de Machado de Assis oferecem um panorama tipográfico exuberante, como atestam as páginas de rosto incluídas no início de cada obra. Por meio delas, vemos as famílias tipográficas em voga nas oficinas de Paris e do Rio de Janeiro, no momento em que Machado de Assis publicava seus livros. Inspirado por esse conjunto de referências, o designer de tipos Marconi Lima desenvolveu a Machado Serifada, fonte utilizada na composição desta coleção. Impresso em papel Avena pela Forma Certa.